小学館文庫

往復書簡集

はからずも人生論

佐藤愛子　小島慶子

小学館

もくじ

第1章 愛について

第2章　世情について

第3章　人生について

最終章 結婚について

佐藤愛子（さとう・あいこ）

1923（大正12）年生まれ。作家。甲南高等女学校卒業。1969年『戦いすんで日が暮れて』で直木賞、1979年『幸福の絵』で女流文学賞、2000年『血脈』の完成により菊池寛賞、2015年『晩鐘』で紫式部文学賞を受賞。2017年春に旭日小綬章を受章。エッセイの名手としても知られ、断筆を覆して執筆した『九十歳。何がめでたい』（2016年刊行）は2017年の年間ベストセラー総合第1位（トーハン・日販調べ）になった。2021年に刊行した続編『九十八歳。戦いやまず日は暮れず』とあわせて現在までにシリーズ185万部を突破している。2024年、映画『九十歳。何がめでたい』（草笛光子主演）が公開され話題に。

小島慶子（こじま・けいこ）

1972（昭和47）年生まれ。エッセイスト、メディアパーソナリティ。東京大学大学院情報学環客員研究員。昭和女子大学現代ビジネス研究所特別研究員。1995年TBS入社。アナウンサーとして多くのテレビ、ラジオ番組に出演。2010年に独立。2014～2023年の10年間にわたり、家族が暮らすオーストラリアと、仕事の拠点をおく日本とを往復する「二拠点家族生活」を送った。息子たちの海外大進学を機に、2024年からは日本に定住。著書に『解縛《げばく》　母の苦しみ、女の痛み』『るるらいらい　日豪往復出稼ぎ日記』など。小説に『ホライズン』など。対談集に『おっさん社会が生きづらい』など多数。

デザイン　芥 陽子
イラスト　上路ナオ子

第1章

愛について

第1通

夫はなぜ、私の孤独と不安にこうも無頓着なのか

小島慶子

拝啓　そろそろお庭の楓が色づき始める頃でしょうか。ご多忙のことと拝察申し上げます。

もうまもなく、九十四歳のお誕生日ですね。おめでとうございます。何がめでたい、とおっしゃるかもしれません。でも、昨年のお誕生日にはまだ一読者に過ぎなかった私が、佐藤さんにお目にかかることができましたのも、歳月の恵みがあってこそです。この夏に思いがけず対談が実現し、お手紙まで差し上げることになったのですから、本当に不思議でなりません。

少し早めのお祝いに差し上げた巻き毛のハリネズミ、お気に召しましたでしょうか。あれはスウェーデンの陶芸家、リサ・ラーソンのものです。ハリネズミなのに、生え際と背中の毛がくるくるとカールしています。じっと見ていたら、なぜか佐藤さんのお顔が浮かびました。お部屋の片隅に置いて頂けましたら幸いです。

売り場では巻き毛の隣に、ピンピンと背中の毛を立てた逆毛のハリネズミが置いてありました。ご自宅に伺ってお話をお聞きしているうちに、どうも自分は逆毛の方に似ているという気がしてきました。帰り道、まだあるかどうか気を揉みながらお店に行ってみると、ポツンと売れ残っていました。東京の出稼ぎ部屋のパソコンの横に置いて、深夜の執筆の励みにしております。

今は、豪州・パースの自宅におります。こちらは春で、庭のブラシの木が満開です。その名の通り、瓶を洗う長いブラシそっくりの赤い花です。

最初見た時はなんという珍奇な植物かと思いましたが、四度目の春を迎え、赤い毛花に季節の風情すら感じるようになりました。どんな新しい環境にも、人はちゃんと慣れるようにできているんですね。

こうしてあくせく日豪出稼ぎ暮らしをしているのも、そもそもは私の夫が仕事を辞めたからです。

男には四十熱と五十熱があるというのが私の持論なのですが、男性は中年になると「俺はこのまま終わってもいいのか」などと焦るようです。夫も四十手前でそんな譫言《うわごと》を言い始めましたので、赤子の顔を見せて現実に引き戻し、なんとか四十熱を乗り越えました。ところがそれから十年経って、四十代の終わりにまたもや人生に疑問を感じ、一度仕事を離れて自分を見つめてみたいと言い出したのです。

それより先に私が会社を辞めていますから、お前は辞めるなとは言えません。物わかりのいい妻のふりをして「そうね、今度は私があなたを応援するわ」などと言ってみたものの、無職の夫を養う身になるとは思ってもみなかったことで、すっかり狼狽してしまいました。そのうち狼狽よりも負けん気が勝って、どうせ夫が無職になったのなら面白いことをしてやろうではないかなどと教育移住を思いつき、一家もろともオーストラリアに引っ越して、私一人が三週間ごとにせっせと日本に出稼ぎに出ているというわけです。

外国に引っ越したことは後悔していませんし、父親がずっとそばにいるのは息子たちも嬉しいようなので良かったのですが、しかし時々なんともやりきれない気持ちになることがあります。特に一人で東京の出稼ぎ部屋にいる時なんかは、とても気が滅入るのです。

一体自分はなんでこんな侘しい一人暮らしをしてまで、一家を養う身の上になったのか。共働きは当たり前だと思っていたけれど、まさか大黒柱になるとは……浮き草稼業の女の稼ぎをあてにして、あいつめよくも平気で仕事を辞めやがったな！　などと恨み言も言いたくなります。自分が世間様から女らしさなんかを押し付けられると大いに反発を感じるくせに、私の中にはまだ根深く、男は稼いでこそという思い込みがあるようなのです。どれほどそれから自由になったつもりでも、弱った時にはつい「こんな時に稼ぎのいい旦那がいたらなあ」と思ってしまう。まあそんなの、打出の小槌があったらなあ、と同じ程度の気休めの妄想なのですが。男だって「妻が稼いでいたら楽なのに」と思うこともあるでしょう。

それにしても、自分がこんなに僻《ひが》みっぽい人間だとは思いませんでした。夫が電話に出ないとか、メールの返事が遅いとか、細かいことでいちいち「東京にいる私のことなんか忘れているんだろう。きっとただの金づるだと思っているに違いない」と疑ってしまうのです。

先日は夫が電話に出ないことに腹を立てて、百五十回もかけました。連続百五十回です。途中から夫のことはどうでもよくなり、百回を超えることを目指し、ひたすら発信ボタンを押して百五十までできたところでハッと我に返りました。原因は、夫の携帯電話の故障でした。修理を終えてから着信履歴を見てぎょっとしたようです。さぞ怖かったことでしょう。

私がそんな奇行に走ってしまうのも、不安ゆえです。仕事がなくなったらどうしよう、病気になったらどうしようなどと心配事は尽きません。そんな私の孤独と苦労を、どうも夫がよくわかっていないようなのがまた腹立たしいのです。経験していないものはわかりようもないので仕方がないのですが、でも、せめてこの出稼ぎの寂しさや一家の命運を双肩に負うしんどさを思いやり、ねぎらう言葉をこまめにかけ、妻が寂しくならないようにもっと気遣ってくれたらいいのにと恨めしく思います。

しかもあろうことか、夫はこの秋に行われる次男の中学の入学式（日本のものとはちょっと違って、小学校卒業前に行う入学内定式のようなもので、親族が招待されます）の日取りを私に伝え忘れたのです!! なにも知らずに私はその日に仕事を入れてしまい、心の底から楽しみにしていた式典に、出席することができなくなってしまいました。もう、悔しくて悔しくて、文字通り一晩中泣きました。なんで私だけ、その日東京で仕事なんかしてなきゃいけないのでしょう。どうして大事な息子の晴れの日に、近くにいてやれないのでしょう。なんのためにこんな侘しい出稼ぎ暮らしに耐えているのかわかりません。息子だって可哀想です。大丈夫だよと言いながらも、明らかに落胆していました。夫のぼけミスのせいで、家族がこんな辛い目にあうのです。今も書きながら泣けてきます。もう、一生許さない。

そもそも日本と違って行事の日取りが決まるのがギリギリだったり平気で急に変更したりするオーストラリアの学校もどうかと思うのですが、そうであればこそ、夫は細心の注意を払って私に常に最新情報が入るように知らせてくれるべきです。なのに、やつは学校からのお知らせを読んで机の奥にしまい込んだきり、妻に伝え忘れていたのです。

夫はなぜ、私の孤独と不安にこうも無頓着なのでしょう。それともこんなことで激昂する私は、よほど了見の狭い女なのでしょうか。

長々と失礼致しました。これから日本は寒くなって参りますので、何卒ご自愛下さいませ。

敬具

第2通

慶子さんは我慢のし過ぎです。愛し過ぎです

佐藤愛子

いただいたリサ・ラーソンのハリネズミは私の書きもの机の上でキョトンとしています。

このところ雑事が殺到して来る日も来る日も気が立っているというのに、笑うような笑わぬような、どこ吹く風といった顔です。

お手紙読《よ》んで思わず、悪いけどフ、フ、と小さな笑いのアブクが立ちました。およそ五十年ばかり前、一家を支えて働きづめに働いていた頃を思い出して、ああ、仲間がいた、という親近感が湧いたのです。その頃私は、お正月が来ても、クリスマスだと世間が騒いでいても、桜が咲いていても颱風《たいふう》が来ても、働きづめでした。休憩といえば講演や取材で地方へ行く飛行機や新幹線の中でした。いや、飛行機の中でも原稿を書いていたこともありました。

「一体自分はなんでこんな侘しい一人暮しをしてまで、一家を養う身の上になったのか」

と、あなたは怒りに身を灼《や》いておられるけれど、私はそんなことを思っている暇がないほどだった。とにかく目の前のこと、今しなければならないことがあり過ぎました。怒りながら働いていたのです。

怒るとエネルギーが湧くタチでしてね、私は。夫が社長をしていた倒産会社の後始末に巻き込まれて、返すあても能力もないのに数千万の借金を背負ったんですから、何もかもが……群がる借金取り、そんな目に遭わせた夫、草ぼうぼうの庭、大飯喰《おおめしぐら》いのブルドッグまでが怒りのもとでした。怒りのエネルギーが働く力になっていたようで、だから何とか生きのびたんだと思います。

小学校に上る頃は四つ年上の姉のおしりをついて歩いているだけの、人見知りの強いあかんたれでした。けれど、高学年になった頃は気の強い喧嘩好きになっていました。その頃の男の子なんてのはそりゃムチャクチャの腕白で、道を歩いていると通せんぼうをして通らせないし（女の子はたいていてい泣く。泣くと通す）、ガキ大将はいつも汚い棒を持っていて獲物を捜しているといったあんばいで、毬つきをしていると走って来て毬を蹴飛ばしてしまうし、ひき蛙を摑んで押しつけて来たり、そんなことに堪えているうちに、ある日私は突然ヤケクソになったんです。小学校の運動場でのことでした。仔細は忘れたけれど私は腕白に何かひどいことをされたんですね。ずっと引っこみ思案だったのが、突然変貌したんです。いきなり傍でぼーっと立って見ていた男の子を突き飛ばしたんですよ。彼は何も悪いことをしてないのに。そこに立っていただけなのにあくたれの身代りになったのです。そういう不運な人っているものですよ。彼はひっくり返って、何ごとが起きたのかわけがわからず、泣くことも忘れてポカンとしていました。

弱い者が理不盡《りふじん》に対して我慢ばかりしていると、我慢の毒素が積《つも》って発酵し、ついに爆発する。だから弱虫だと思っても油断してはいけない、なんて、後に私は娘に教示したものです。自分が襲いながらそんなことをいうのはおかしいって？ 私もそう思いながら書いてます。

そうして私はだんだん強くなって行きました。ヘナヘナしていてはやられっ放しになる。人のせいにして泣いていても何も解決しない。自分が変るしかないのだ、とね。いつか私はそう思うようになっていたのでした。

ところで慶子さんのご主人はなぜ、働くのがいやになったんでしょう？

私が知りたいのはその点です。

「一度仕事を離れて自分を見つめてみたい」

といわれたとか。「自分を見つめる」とは女子高生あたりがいいそうな言葉だと私は思うんだけれど。それを五十年近くも生きて来て、それなりに充実した仕事をなし遂げて来たお方がいうなんて、よくよくのことがあったとしか思えません。あなたはそれを問い詰めたのか、理解したのか、そのへんの事情がどうもわからない。

「今度は私があなたを応援するわ」と健気なことを仰有《おつしや》った。あっぱれ、賢妻なる哉、烈婦なる哉。男にしてみれば世に比類のない理想の妻です。

あなたはとてもとてもご主人を愛しておられるのね。愛し過ぎているくらい愛してる。慶子さんの情念は驚くほど濃密で豊かです。何しろご主人にかけた電話の応答がないからといって、百五十回もかけつづけたというんだから。

烈婦賢妻はやがてオーストラリアと日本を往き来して、一家の経済を支えているあなたの孤独と苦労をわかろうとしない夫に不満を抱くようになりました。

出稼ぎの寂しさやしんどさを思いやり、ねぎらう言葉をこまめにかけて妻が寂しくならないように気を遣ってくれないことを恨めしく思うようになった。愛の深さゆえに、です。

えてして人間というものは、愛していればいるほど、相手からも同量の愛を得たいと思うものです。それが愛する者の自然です。私のような女の出来損ないは、そんな純情な愛し方なんか持ち合せがないので、

「そうか、そういうことか、そんならこっちもそのつもりになるワイ」

という気持になって、ことは簡単に終《おわ》るんだけど。

私のボンクラ亭主はマージャン狂いで会社社長であるにもかかわらず、丸二日姿をくらましてマージャンにウツツを抜かしていたことがありました。会社では社長が行方不明なので大騒ぎ。やっと同じマージャン狂の友人の所にいるのをつきとめたのでしたが、私はこの無責任、自堕落に大憤激してやっと深夜になってノコノコ帰ってきた夫目がけて、雑巾バケツの水をぶっかけたのでした。そして私は叫びました。

「恥知らず！」

とね。私には情念のほとばしりはないのです。私が重んじるのは人生に対する責任感と誠実です。水をかけられた夫は、間の抜けた声で、

「何なんだよー、いきなり」

といいました。彼は怒らない、それは鈍感のためか、寛容のためかはわかりません。場合によって鈍感は寛容という美徳になったりするので、一概に可否をいうわけにはいかないのです。私のような厄介なヤバン人が結婚出来たのは、彼が鈍感であり即ち寛容だったということになります。

慶子さんは我慢のし過ぎです。

愛し過ぎです。愛が深いから、求める愛も深くなるのです。

バケツの水をぶっかけてごらん。そうしたらスッキリする……、しないか。これを荒療治といいます。

第3通

だとしたら愛なんてロクなもんじゃないと思う

小島慶子

三週間ぶりに日本に戻ったら、すっかり寒くなっていました。お忙しい中、お返事を有難うございます。

亭主に水をぶっかけたことは、さすがにまだありません。殴りかかったことならありますが……。私はどうも貧乏性で、水をかけた後にそこらを拭くのがめんどくさそうだと思ってしまいます。夫に殴りかかった時にも、万が一相手がよろめいても物が倒れたりしないような、リビングの真ん中を選んでやりました。

暴力は許されないことですが、あの時は、とっさに手が出てしまいました。今から十年以上前、一人目の子どもを産んで仕事に復帰した頃のことです。寝る間もない育児と仕事の両立で手一杯だった私の知らぬ間に、夫が歓楽街で羽目を外しているのがバレたのです。

しかもやつは悪びれもせずに「だって慶子の目の中から、白いキラキラしたものが消えたから」と抜かしやがりました。つまりは、君がボクちゃんよりも赤ちゃんを可愛がったから拗《す》ねちゃったんだよう、というわけです。私はお前のママじゃないぞ！　親の自覚がゼロなのか⁉　と心底腹が立ちました。気付いた時には、渾身の力で殴りかかっておりました。

ところが、どうも夫は殴られながらウットリしているようなのです。「赤ちゃんに夢中の妻に冷たくされて傷ついたボク。放蕩して自分を慰めようとしたボク。それでも孤独は癒されず、妻の鉄拳を食らうボク。ああボク、かわいそうなボク」とまあ、自分しか見えていない様子。その気持ち悪さたるや！　やつの中のウットリ虫を叩き潰したくて、泣きながら殴り続けました。すぐに離婚届をとってきて署名を迫ったら、どうか思いとどまってくれと懇願するので、乳飲み子を胸に抱えて、夜通し説教しました。質問攻めにし、夫のファンタジーを粉々にして現実に引き戻し、目の前に赤ん坊を突きつけてやったのです。「クソ野郎を切り捨てるのでなくて目を覚ませという。これが愛でなかったらなんなんだ。お前が夢想している白いキラキラした甘ったるい代物とは違うんだ！」と言ったら、うなだれていました。

夫は、ママのファンタジーを生きていたのです。祖母や母親に言い聞かされた「あなたはいい子よ」「私のヒーローよ」という魔法の呪文を信じていたのですね。ところが妻は、赤ん坊にかかりきりでチヤホヤしてくれない。だから拗ねて、堕落したのです。わざと亡くなったおばあちゃんやママががっかりするような汚れた自分になって「こんなボクになったのは、君のせいだよ」と私を責めたというわけです。

佐藤さんは私の愛が深いとおっしゃいます。そうかもしれませんが、だとしたら愛なんてロクなもんじゃないと思います。私の夫に対する愛は受容でも安らぎでも喜びでもなくて、破壊と改造と支配です。一族の女たちの理想を塗りたくられた夫を牢獄から引きずり出し、砂糖菓子を叩き割るように、丸裸にしてやるのです。ちっぽけな炒り豆くらいの正体を晒《さら》して震える鼻先に現実を突きつけ「いい加減大人になれボケ!」というのが私の愛です。

電話を百五十回かけたのだって、彼に私を気にかけてほしいからではありません。「もしも私が日本で出稼ぎ中に子どもがケガをしたら、駆けつけてやれるのはお前しかいない。学校からの電話が繋がらなかったらどうする。ボンクラ夫のせいで大事な子どもたちが心細い目にあうのは断じて許せん」という怒りから、事の重大さを思い知らせるためにわざわざ百五十回の着信履歴を残したのです。

夜通し説教した夜から十年以上経っても、結局夫への不信感は変わりません。子どもたちを穏やかな家庭で育てることを何よりも優先するために封印した夫への怒りは、分厚い氷床の下のマグマのように、じわじわと氷を溶かしています。見かけ上はたかが百五十回の着信履歴でも、夫への恨みがこもっているのです。これが愛ならば、愛とはなんと暗く執念深いものでしょう。

ところで夫がなぜ「自分を見つめる」なんて女子高生のようなことを言って仕事を辞めたのかというお尋ねですが、私にもよくわかりません。決めたことを根掘り葉掘り聞いてみたところで仕方ないですし、私も忙しくて人の悩みまで背負い込む余裕はない状況でしたので、辞めることにしたならしょうがないね、という心境でした。だったら、仕事辞めてよかったと言える生き方をすればいい。でもほんとは、負けず嫌いの私が「夫が無職になってよかった！」とやせ我慢を言いたいだけかもしれません。

やつは自分のことをうまく話せないのです。急に言葉がつっかえて、抽象的なことしか言えなくなる。たぶん、不安や恐れを語ることを、無意識のうちに避けているのだと思います。

先述のように、彼は自分自身と向き合う機会が少なかったというか、幼い頃からそれを避けるように強いられたとも言えるので、五十歳を前にしてようやく自分を知る旅に出る覚悟ができたのかもしれません。親離れですね。だからといって仕事を辞めるなよ、と思いますが、それはまた別の理由もあったのだと思います。

知人の精神科医によると、今は思春期が終わるのは四十代なのだそうです。佐藤さんの頃は女子高生が悩んでいたような問いを、今は四十代で悩んでいるのです。この傾向はさらに進んで、今の二十代はおそらく五十代で「大人になる不安」を覚えるようになるだろうとのこと。つまり子ども時代が長いといいますか、世の中が子どものまま生きていける仕組みになっているのですね。人生百年時代と言われていますから、それぐらい成長の速度が遅くなるのはもしかしたら自然の摂理なのかもしれませんが、佐藤さんからご覧になると、奇妙かもしれません。

「鈍感は寛容という美徳にもなる」という佐藤さんのお言葉は、まさに私の夫にも当てはまると思います。配電盤のブレーカーのように、流れる電流がある一定量以上になると電源が落ちるような仕組みが、やつには内蔵されているようにも思うのです。それはママにかけられた魔法とセットになっているのかもしれず、いいんだか悪いんだかわかりません。

それにしても、「恥知らず!」と水をぶっかけておきながら、怒らない夫に寛容さを感じる佐藤さんの眼差しに、私はやはり愛を感じないではいられません。どうも愛というのは自分が思っているのと違うもののような気がするのですが、佐藤さんももしや、ご自身の愛をそうと認めかねているのか、あるいは照れていらっしゃるのでしょうか。それに私は佐藤さんのように、夫のことを知りたい、理解したいと思ったことはありません。莫大な借金を背負わされてもなお理解したいと思うほど、やはり魅力的な人だったのでしょうか。

バケツの話が、だんだんノロケ話に思えてきました。

第4通

夫婦喧嘩の大義は「ウップン晴し」ですからね

佐藤愛子

お手紙拝見。讀《よ》み終った感想をひとつ。

慶子さんは夫婦喧嘩の年季は入っているようだけど、まだ眞髄《しんずい》には迫ってないねえ、という感想です。そこでお説教に入ります。ご亭主にバケツの水をぶっかけるという戦略について、「水をかけた後、そこらを拭くのがメンドくさい」といっておられる。

ソレがイカンのです。水をぶつける時は家の中ではいけない。テキが外から帰って来て玄関のドアを開けた途端の、一瞬を狙うのです。そうすれば水の半分以上はドアの外、残りは玄関のタタキの上。ほっとけば乾くのです。

そもそも喧嘩は深慮遠謀が必要です。謀《はかりごと》を深め、先の先まで考えて行動に出ること。

あなたは書いておられます。夫に殴りかかった時にも万が一、相手がよろめいても物が倒れたりしないような、リビングの眞中《まんなか》を選んでやる、と。いかに深慮しているかの証據《しょうこ》のように書いておられるけれど、私にいわせると浅慮も甚しい。私は肉弾戦に於《お》いては女は非力であるということを弁《わきま》えているので、「殴りかかる」なんて無謀はしません。代りに物を投げつける。その投擲《とうてき》物だってね、投げて壊れても損をしない物を選びます。最適なのが牛乳瓶です。これは実に丈夫に出来ていて、滅多に壊れない（実践ズミ）。もし壊れたとしても損をするのは牛乳屋ですからね。ですから紙パック入り牛乳はダメです。私は突然の戦闘に備えて、瓶入りを毎朝配達してもらってます。

「治にいて乱を忘れず」とはこのことであります。

第二に夫婦喧嘩はテンポよく運ぶことが第一です。グズグズと梅雨時の雨だれみたいにいつまでも同じようなことをくり返ししゃべっていると、テキはとっくに聞いちゃいなくなってる。相手を屈服させるのが喧嘩の目的であれば、

グサッとやってサッと退《ひ》く！

そうでなければ成功とはいえない。夫婦喧嘩の大義は要するに「ウップン晴《ばら》し」ですからね。「颱風《たいふう》一過。後は雲ひとつない、ルンルン青い空」というのが望ましい。私ほどの師範になると、夫婦喧嘩は憂きこと多い日常を活性化する一服の清涼剤でした。テキにとってはどうだかわからないけれど。

喧嘩道に於て慶子さんは、初段ではないけれど三段くらいのところでしょうか。素質は十分あるのに、きっとよき指導者がいなかったためでしょう。これから研鑽されんことを。

いやあ、夫婦喧嘩のこととなると、書いても書いても尽《つ》きないくらいです。何しろ数十年の練磨、蓄積がありますから。

ところで、この前の私の手紙で、慶子さんは「やっぱりご主人を愛しているのだ」と書いたことについて、あなたはちょっと承服しかねる、といったお気持を持たれたように私は感じました。

そこで深く考えてみると、「愛している」という表現は正確ではなかったかもしれないと思いました。

あなたは実に豊富な、濃密な情念の人なんですよね？　違う？　これも不承知とはいわせませんよ。子供さんへの愛情の流れ方にも、ご主人への腹の立て方にも私はそれを感じました。あなたはすべてに一所懸命の人。何ごとにもいい加減にしておけない人。殴られているご主人を、あなたは「殴られながらウットリしているようなのです」と怒ってる。

「わたしは一所懸命に殴っているのだから、殴られる方も一所懸命に怒れ！　うっとりなんかして何なんだ！」

という気持なんでしょう？　そこであなたは「泣きながら」殴りつづける。その光景が見えるようです。その気持は私もよくわかります。私は思わず笑いました。

しかしですよ。かといって、もしテキが本気で殴り返して来たとしたら、こっちはやっぱり負けてやられるから、そうなったらそうなったでカーッとくる。そうじゃないですか？

もしかしたら慶子さんのご主人は、なかなかの策士で、そこんところを読み取っていて、だから抵抗せず反撃せず、「うっとり戦術」をとっているのかもしれない。

だとすると、なかなかの大人物ということになる。あなたはお釈迦さまの掌の上で力んでいる孫悟空というところか！

いや、そんなことは佐藤さんの勝手な忖度《そんたく》だ、うちの旦ツクは大人物なんかじゃない。ただの鈍感男なんだ！　とあなたはいうかもしれないけれど、そのどっちか、私はお会いしたことがないので、断言は出来ないけれど、まあ、いえることは人間関係なんて、そんなもんじゃないかしらね。人間の眞実なんてわからない。人はたいてい表に出ている現象だけを見て評価するわけだから、妻に見えている夫の現象と、他人に見えている夫さんの現象とは違うのが普通だから。奥さんが旦那さんへの不満をいくらい立てても、他人は「でも、いい人じゃないの。文句をいうのは贅沢よ」などいって奥さんをイライラさせる。またその逆もある。

「何よ、あのご主人。奥さんはあのいやらしさがわからないのかしらねえ……」など。

「愛している」ために見えない場合もあるし、愛が醒めてきたので「見え過ぎる」こともあるし、「本質を見極める」ことがいかにむつかしいか。九十四年生きて漸くこの頃、やっとそれがわかって来たんだけど、それは愛憎を向ける相手がいなくなったので、必然的に到達した境地だと思います。「恋人」とか「夫」とか「男」とかではなく、私から遠く離れたために私は彼を「人間」として見ることが出来るようになったのです。もう何の期待も要求も心配することも、よかれと思うこともムカつくことともなくなったのです。

寒風の中で掘立小屋の屋根を修繕しているホームレスの老人を見て、何ともいえない感動を覚えたことがあります。

――それでもそうして一所懸命に生きているのか！

人間が「生きる」ということは、本当に涙ぐましい努力の連續《ぞく》です。良いも悪いもない。幸福か不幸か、苦しいか苦しくないか、善か悪か、そんなこととは、問題が別なのです。

「ただ生きた、かく生きた、一所懸命に生きた、彼なりに」

私の悪亭田畑麦彦への感情は、そういうものです。諦めでも宥《ゆる》しでもない。この辛い世を生きる仲間としての人間への、いうにいえない人間愛なのです。

私は彼から酷い目に遭っている。しかしそういう私も、自分は知らないままに、彼を苦しめていたにちがいない、そう思うと怨みつらみは消えて行くのです。よく考えれば、いや考えなくても、向う意気の強い私は、どう見ても悪妻だったと思うんですよ。悪亭あるところに悪妻あり。しかし悪妻なりに私だって一所懸命に生きたんですよ！　我と我が身を涙ぐましく思うようになった今日この頃です。

わかるかな？　わからないかな？　いや、これは九十まで生きないとわからないことかもしれないですね。つまりこれを「涸《か》れた」といいます。とはいうものの、涸れるどころか、満々と湛えられているご主人への憤怒の熱湯が、今の私はいっそ羨ましい。

第5通
佐藤さん、私は何と闘っているのでしょう

小島慶子

大変具体的なご指南に感服しております。繰り返し使えて致命傷にならない投擲《とうてき》物まで吟味されているとは（そしてそれが牛乳瓶であるとは）、豊富な実戦経験がなければ出せない結論！　まさに常在戦場のお心構えで結婚生活を送られたのですね。

ご指摘の通り、今思えば、私は本気で夫と闘おうとはしておりませんでした。ただ憎くて憎くて、自分の怒りをぶつけたかったのです。そうされても仕方がない裏切りをしたのですから、闘いにはなるまいと初めからわかっておりました。開き直って妻に手をあげることはないだろうと、なんと悲しいことに自分を裏切った男をそれでも信用していたのですね。

口喧嘩も佐藤さんのおっしゃるような、一突きで倒す真剣勝負ではありません。くどくどと説教し、縷々《るる》恨みつらみを述べ、思いつく限りの残酷な比喩を並べて相手の欠点をあげつらい、一から理屈を並べて噛んで含めるように言って聞かせるのです。これまた相手を打ち倒したいからではなく、覚醒させたいとか改造したいとか、脳みそに手を突っ込んで両目を裏から指で突いてでもこちらのいうことを理解させたいという欲望があるからなのです。

ほら、ぼうっとするな、こっち向け、なんでこれが見えないのか！ という苛立ちです（書きながらもうイライラしてきました）。それをもう十七年も抱えております。いけません。これは全然、涸《か》れておりません。

私は、そもそも夫婦喧嘩というものをわかっておりませんでした。なんと大義が「ウップン晴らし」だったとは……。むしろそのようなことではいけないと、毎度正当化するような理屈をつけておりました。一服の清涼剤どころか、煮え湯を吐く（飲むではない）ような思いで臨んでいたのです。そして今、書きながら薄々気付いたのですが、もしかしたらやつは、しつこい小言など実は聞いてはおらず、悩ましい顔をしながらも、妻が自分に執着している様子に安心しているのではないかと思われます。忌々《いまいま》しい。

やはり佐藤さんがおっしゃるように、私は情念が強すぎるのでしょう。しかも片手に秤を持っていて、いつも夫と自分の情念が釣り合うか測っているのです。それでちょっとでもこちらの方が重かったりしたら、不公平だ！　釣り合うまでお前も盛れ！　と腹を立てる。冥界の神じゃないんだからそんなことしてなんになるかと思うのですが、ちょっとでも手を抜かれるのが我慢なりません。プライドが高いというか、要はケチなのです。人生折半だろ！　なんで私の方が多く出してるんだよ、ずるいぞ！　という気持ちがとても強い。どう見ても地獄に堕ちるのは私の方のような気がします。それもまた、納得がいきません。

私はお釈迦様の掌の上の孫悟空のように、夫の手の上で踊っているという佐藤さんのご指摘は、悔しいけれど当たっているようです。だからこそ、自立したいのです。夫の手を離れて、一人心安らかにかつ勇ましく生きていけるようになりたい。誰にも寄りかかることなく……。

若い頃の私は、なんでも受け入れてくれる夫を実際、仏様のようだと思っていました。けれどそれは夫という教祖の作る宗教に入信するのと同じことで、自分の世界を明け渡すということです。自己嫌悪が強く、自己憎悪とも言える状態だった私にとっては、それは救済でした。夫の信徒となり、自分自身でいることをやめられたのですから。

彼には買ってきたものも全部見せましたし、仕事の話も全てしましたし、心に引っかかる物事は喜怒哀楽全て洗いざらい話していました。彼に引き受けてもらうことで、ようやく自分の世界が本物になるような気がしたのです。教祖様は、よしよしと褒めてくれました。他でははねっかえりで居場所のない私が、彼の前では包まれるような深い安らぎを感じることができました。これは佐藤さんと田畑さんの当初のご関係と、少し似ているのかもしれません。とにかく私には、唯一の安住の地でした。

しかしそれは、なんと周到な洗脳でしょうか。私は長いこと、夫をヒーローと崇《あが》め、聖人君子だと信じてきました。裏切られ、摑みかかって怒ったにもかかわらず、その傷を癒す場所もやはり夫の作る世界にしかありませんでした。だから事実を読み替えることにしたのです。夫が裏切ったのは、私が至らなかったからだと。今思っても悔しくてなりません。

契機は結婚十三年目に訪れました。彼が仕事を辞め、私が家計を一人で支えることになったのです。翌年、一家で豪州に引っ越し、私は日豪往復の出稼ぎ生活を始めました。東京での一人暮らしは確かにとても寂しいですが、昔のような、世界と完全に切り離されたような孤独感はありません。一家を養う重責に喘《あえ》ぎながらも、生まれて初めて味わう自由に胸が躍りました。十三年の間に、すっかり自分と和解し、一人で立っていられるようになっていたのです。

その記念にと、日本に出稼ぎに行く途中、香港の空港の免税店で腕時計を買いました。それまでしていた時計は夫がくれたもの。今度は、生まれて初めて自分のために買った一生モノの高級腕時計です。腕につけた時、背中に羽根が生えたような気がしました。これは夫には見せないぞ、自立の記念だと思いました。

その日の夜、テレビ電話で報告しました。

「新しい腕時計を買いました。銀色の金属ベルトで長方形の白い文字盤です。万が一変死体で発見された時に、見慣れない時計をしていても、男からもらったものではないので誤解なきよう。でもあなたには見せません」

すると夫は色をなして憤りました。なんで見せてくれないんだと訊《き》くので、自立の証だと答えたら動転したようでした。唯一の信徒が棄教したのですから当然です。

「慶子は昔はなんでも見せてくれたのに、もう見せてくれなくなったんだね」

などと未練たらしいことといったらありません。

「絶対に見せない、死ぬまでブランド名も教えない、これは自由の象徴なんだ！」

そうして私は大人になりました。ついに夫なしでも生きていけるようになったのです。時計はまだ見せていません。一生見せるもんか、ざまあみろ！

佐藤さん、私は何と闘っているのでしょうか。夫を卒業し、親離れしつつある息子たちへの情念を断ち切った先には、何が待っているのでしょう。彼を「人間」として見る境地に至る前に、落ちぶれた教祖にしてしまったのは果たして正しかったのでしょうか。佐藤さんがおっしゃるような、自他の生をそうであるままに受け入れる器が、私にはないようです。自立を果たしたのに、なんだか宙ぶらりんの気持ちなのです。

第2章

世情について

第6通
「秘訣は何ですか？」知らんがな、そんなこと

佐藤愛子

　今日は一月も半ばを過ぎ、二月の声が近くなってからの雪の日です。明けましておめでとうといっていいやら悪いやら、「九十歳。何がめでたい」といっている私が、「新年おめでとう」などといえるわけがなく、年賀状もさし上げませんでした。

　正月といっても別におせち料理を華やかに作るわけでもなく、賑やかに浮かれているテレビを見るわけでもなく、ふてくされてると人目には見えるでしょうけれど、べつにふてくされているのではなくて、ただただ疲れ果ててぐったりして半眼で松庭を眺めている、というあんばいでした。半眼にしているのは別に高級な瞑想に耽っているのではなく、瞼を上げているより下げている方がらくだからなのです。

いやもう、去年一年はひどいものでした。狂乱怒濤の日々でした。だいたい私は狂乱怒濤には馴れっこになっている筈なんだけれども、やっぱり「年」なのかねえ。六十代頃までは狂乱怒濤を苦もなくこなしていたのに、もはや気息奄奄《エンエン》という有様で、そんな弱り果てた自分を欺く力さえなく、むっつり、ぐったりに沈み込んでいると、それを叱咤するような電話のベル。のそのそと立ち上って電話のところへ行き、力のない低い声で、

「はい、もしもし」

という。用向きはだいたいがインタビューの申し込み、テレビ、ラジオの出演や講演や対談や原稿の依頼などです。

九十を過ぎて隠遁生活に入りかけた時に、「女性セブン」から「気らくなエッセイを」と頼まれてうっかり引き受けたのが運の盡《つ》き。エッセイと

もいえないような雑文「九十歳。何がめでたい」が単行本になるとどういうわけかバカ賣《う》れして、気がつくと「隠遁」が「狂乱怒濤」になっていたのです。

かねてより私は「人間は働くように出来ているのです。従って『楽隠居』なんてものを理想としてはいけない。働いて働いてギリギリまで働いてエネルギーを使い果す。そうすれば安らかに死ねるのです！」なんてね。たいした根拠もなく、偉そうにわかったふうなことをいい、

「はァ、なるほどねえ……」

と深く頷く人たちを見ては、悦に入っていたのですよ。まったく、そんないい加減な奴なんです、私は。

はじめのうちははり切って、来る仕事すべて引き受けていましたよ。ところがだんだん息切れがして来た。家の者が心配して、「もういい加減にしたら」というのですが、私もそうしたいのだけれど、それがなぜかそうならないのです。つまり、依頼を断れないのですよ！　なぜ断れないの？

気が強いくせに、と娘はいう。そうなんだよねえ、というも口の中。なぜ断れないのか、どこをどう改めればいいのか、自分でもよくわからんのです。心身共に弱っていることは確かなので、それを相手に納得してもらえばいいのですが、それが本当に難かしい。そのうち、電話の最初の一声、

「ハイ、もしもし」

の発声が大切なことに気がついて、地の底から聞えて来る声とはこうであろうと思うような、陰陰滅滅の声を出すことにしました。電話の相手はまず、自分の所属している会社名と、自分の名前を名乗ります。ところがその声がよく聞えないのです。この二、三年聞えにくくなっていた耳が、慢性疲労のためかますます聞えなくなっているのです。それで、

「はあ？」

と訊《き》き返します。相手は答えます。聞えない。私はイライラする。若いんだからハキハキと大きな声でいえないものかね、臍下丹田《せいかたんでん》に力が入っていないから、そんなヒワヒワ声になるのだ、とこみ上げる怒声を出すまい

と我慢してくり返す。

「はあ？」と。

それでも埒が明かないので、つい大声になる。

「私は耳が遠いんです。ですからもう少しハッキリいって下さいませんかッ！」

自分でもびっくりするような大声になっているのは、ムシャクシャし始めているからで、若い頃の威勢が戻って来たかのようにビンビン響きます。

それがいけないんです。そんなビンビン声を出すものだから、相手は九十四とは思えぬ元気なバアサンだと思い込むのです。気がついて急に弱々しくしてももう遅い。

「お元気ですねえ。弱ってるなんて、誰も信じませんよ」

ということになって、（その上怒ったためにエネルギーが湧き立って勢がついている）その流れでつい引き受けてしまい、しゃべりまくってしまうのです。

わかってるんです。すべて自分がいけないのです。私の「イライラしい」がいけないのです。いや私の耳がいけないのだ。耳さえよく聞えていれば、最初の、

「ハイ、もしもし」

の陰陰滅滅を通せるのです。

「ごめんなさい。もうトシだもんでねえ、勘弁して下さい」

息も絶え絶えというような声を出して、断ることが出来るのに。

そんなこんなで引き受けてしまうインタビュー。インタビュアはいう。

「九十四歳でそのお元気のコツを教えていただきたいです」

コツ？　コツなんてあるものか。その時その時のなりゆきで声が大きくなっているだけのことなのです！

「佐藤さんの人生に対する気概というか、気持の持ち方をお聞きしたいんです。どうすればそんなに若々しく勇敢に生きられるのか……その秘訣は

何ですか？」

知らんがな、そんなこと。コツとか秘訣とか、私はそんな面倒くさいことを考えて生きて来た人間じゃないんです。ありのまま、「自分にとっての自然」を生きているだけなのですよ！　そうするしかないからそうしてきただけなのですよ！

愚痴をこぼして泣き泣き生きていく人はそれが性に合っているから（必要だから）そうなっているので、だからそれでいい。泣くのをやめる必要はない。私は怒ると一瞬エネルギーが湧くタチなので、それで元気に見えているんでしょうね、多分。

怒らない時の私は見るかげもなくしおれた撫子《なでしこ》です。

第7通
誰と誰が同衾したとかしないとか、知るかそんなもん

小島慶子

『九十歳。何がめでたい』が百二十万部を突破とのこと、おめでとうございます。昨年は本当に、ご多忙を極めていらっしゃったのですね。「しおれた撫子」のような佐藤さんは想像がつきませんが、そろそろお疲れが出る頃かもしれません。温かいものを召し上がって、よくお休みになって下さいませ。

陰々滅々の「もしもし」作戦には笑ってしまいました。お仕事をつい受けてしまわれるのは、ひとえに佐藤さんが親切だからではないかと拝察致します。「もっとはっきり喋って下さいっ」と怒るのだって、ちゃんと相手の話を聞こうとされるからですよね。めんどくさければ「聞こえん。ガチャ」でもいいのですから。

この頃は、親切に見せかけた余計なお世話とかお説教が多くて、辟易します。週刊誌が著名人の私生活を暴き、それをテレビのワイドショーが大々的に取り上げて繰り返し流し、出演者がしたり顔で批判し、インターネットでは匿名の人々が叩きに叩いて喜ぶ。騒ぎが収まればすぐに忘れて、また次のターゲットを探します。

いわゆる不倫ゴシップも、当人同士の問題なのに、赤の他人が「連れ合いが気の毒」「子どもがかわいそう」などとコメントします。その家族の何を彼らは知っているというのでしょう?

(あ、こんなことを『女性セブン』で書いてしまっていいのかな。まあいいか。)

夫婦や親子の間には、当人たちにしかわからない文脈があり、到底人に説明することはできない様々な思いを抱えて、それでも家族であることの味わいを長年かけて泣いたり笑ったりして分かち合っていくものではないかと思います。どの家族にだってそんな他人にはわからない事情があるだろうに、なぜ有名人のスキャンダルとなると、会ったこともない人の事情をああだこうだと論評し、自分が害を被ったわけでもないのに謝罪しろと騒ぎ、社会的制裁を受けても当然という言いぶりなのか。どこのお代官様かと思います。

私はテレビのワイドショーで不倫騒動について感想を求められるたびに「自分の夫が浮気したわけではないので、どうでもいい」と言っていたら、お呼びがかからなくなりました。でも、本当に興味がないので仕方ありません。誰と誰が同衾《どうきん》したとかしないとか、知るかそんなもん。世間がそれをへえ、と面白がるのはわかるけれど、けしからんと叩いて喜ぶのは、リンチのようで恐ろしいです。

そもそも噂話が好きな人が苦手です。こっちであの人の話をしたら、あっちではこちらの話をし、聞いてもいないのに他人の秘密をバラして、誰にも内緒よとか言ったりする。サラリーマンでも、集まると人事の話ばかりしているやつは嫌なものです。

しかしそうやって人の噂話ばかりしている人というのは、案外孤独なのかもしれませんね。特にインターネットで匿名アカウントを作って不倫叩きをするような人たちは、一緒に芸能人の悪口を言える友達がいないのかもしれません。あるいは、努力したのに報われないとか家族に冷たくされているとか、何かやり場のない思いがあってそういうことをしているのかもしれないとも思います。いわば八つ当たりですが、そういう人をたくさん生み出してしまった社会の非情さの表れだと見ることもできます。

イギリスでは一月から「孤独担当大臣」が新設されたそうです。孤独を感じている人は九百万人、そのうち三分の二が生きづらさを感じているといいます。孤独は健康にも影響し、一日十五本のタバコを吸うのに相当する害があるとか。医療費抑制のためにも、国をあげて孤独な人を減らそうということなのですね。対策を進めている議員が「知らない人に話しかけるだけでもいいのです。街で行列に並んだ時とか。もしかしたら、相手にとってはそれがその日唯一の会話なのかもしれないのだから」と言っていましたが、本当にそうだなあと思います。

私には名前も顔も覚えていない恩人がいます。初めての出産で、産後うつ気味だった時、「あら赤ちゃん可愛いわね。今は大変でしょう。でもだんだん楽になるわよ」と言ってくれた通りすがりのおばさんです。不安でたまらなかった私は、その一言が涙が出るほど嬉しかったのです。おばさんはきっと、気まぐれで言ったのだと思うけど。この体験があったから、私のような者でも物を言ったり書いたりしてもいいのかもしれないと思えるのかもしれません。

孤独を感じない人なんていないでしょう。でも、みんなそれぞれに孤独なのだと思えるのか、それとも自分の孤独には誰も関心がないと感じるのかでは、世界の見え方が違うと思います。

　母は「人は生まれた時から孤独なものよ」が口癖でした。彼女は人との距離の取り方が極端で、必要以上に疑り深かったり、踏み込み過ぎて相手を壊したり、人目を気にして怯《おび》えてしまったり、それはもう気の毒なほどでした。傷つくことも多かったであろう彼女が娘に言い聞かせたのは「友達なんて信用ならないもの」「人は孤独」という言葉でした。他人に期待なんかするなと言いたかったのでしょう。でも私は、二人の息子たちに「人には親切にしたまえ」と言っています。転校生が困っていたら助けてあげるとか、一人でつまらなそうにしている子がいたら話しかけるとか、簡単なことでもいいのです。人に親切にするのは善行を積むためではなく、お互いさまだからです。

　世界に誇るおもてなしだか裏ばっかりだか知らないけど、そんなことより今の世の中にはこの「お互いさま」の眼差しが足りないよなあと思います。完璧な人なんていないし、他人の事情はわからない。だから労わり合いながらやっていこうよ、と。お互い孤独でも、共感できることがあるはずだという期待を捨てないでいたいのです。こんなことを言ったら、ゴシップ好きな人から「それじゃ暇つぶしにはならない」と鼻で笑われてしまうかもしれませんね。

第8通

しかしね。ニーズがあることがすべてかね

佐藤愛子

全く、わけのわからない世の中になりましたね。何が美徳なのか、何が正義なのか、さっぱりわかりません。何十年か前に「価値観の多様化」といわれる時代が来て、日本特有の価値観がなくなりつつあることについての感想をメディアから求められたことがありましたが、その頃の私には、価値観の多様化なんていわれても実感がなかったので、なんだか妙なことを口走って質問者を困らせた覚えがあります。

それから何十年も経ったこの頃、つくづく思うことは、多様化どころか、みんな一色《ひといろ》。同じ損得第一主義になっているじゃないか、ということです。ということは多分、アメリカから合理主義を吸収した結果だろうと思うのですが、合理主義というやつは、「情」を抹殺しますからね。情がなくなった社会では、当然人はみな孤独になります。

お手紙によると、イギリスでは「孤独担当大臣」とやらが新設されたそうだけど、孤独対策を進めている議員が「知らない人に話しかけるだけでもいいのです」といって、人との会話を勧めているとか。

しかしねえ。イギリスでは知らないけどこの日本ではうっかり話しかけたりするとどんな目に遭うかわからないという現実があるんですよねえ。下手すると誘拐されたり殺されかねない。道端にいるおじいさんの弱っている様子を見て声をかけたら、ヨレヨレ爺ィがやにわに悪漢に変貌するかもしれない。ほんとに妄想や冗談じゃないんですよ。

いつだったか、デパートで「赤ちゃん、可愛いわね」と近づいて来た女に「ちょっと抱かせて」といわれて抱かせたら、そのまま姿をくらませた

という事件があったことを思い出したけれど、

「知らない人から話しかけられても返事をしてはいけないよ。ゼッタイにいけない。ゼッタイですよッ！」

親はしつこく子供にいい聞かせなければならないという有様です。紳士の国イギリスはさすがというか暢気《のんき》というか。

私の孫が幼稚園に行っていた頃のこと、娘に連れられてエレベーターに乗っていたら、居合わせた見るからに紳士然とした初老の男性から、

「可愛いねえ？　幾つ？」

と話しかけられたそうです。すると孫は忽ち《たちま》ふくれッ面になって、グイと正面を睨んだままウンともスンともいわず、ニコリともしない。老紳士は聞えなかったのかと思ったらしく、同じことをくり返していいましたが、孫は彫像のように固まっている。紳士は紳士らしく、「アハハハ」と笑ってすませてくれたそうですが、内心ではイケ好かないガキだ、と思っていたかも。娘は困って、「どうしたの？　桃子ったら」なんてあらぬことを

口走ったそうですが、孫にしてみれば、「どうしたの、ってナニが？」と思ったでしょう。いつもいわれている通りにしただけなんだから。

私たちは子供の頃から、「困っている人を見たら助けましょう」「お年寄りには親切にしましょう」など、人としての基本を小学校でいやというほど教わりました。修身の教科書には、学校帰りの子供が腰の曲ったおじいさんの手を引いている挿絵がついていました。

今、小学校では何と教えるのでしょう？

「人に頼らず、頼らせず、自分で自分を守りましょう」

とでも教えるんでしょうかねえ。

「気をつけなさいよ。あなたもいじめられないように上手にやんなさいよ」

と心配はするけれど、

「いじめられてる人のために、いじめッ子と闘いなさい」

とはいわない。みんな「守り」に入っているのね。そして孤独への道を進んでいる。

それにしても、いつからこうなったのか、改めて世間を眺めると、日本人の精神性が劣化したとしか思えない。昨今のマスメディアが大々的に取り上げる話題は有名人のイロゴトです。昔はこういう話題は女性の社会進出が許されなかった時代、家事の合間の暇つぶしの女の関心事だったのが、今は大の男も興味ある話になっているかのようです。

かつて「夜討ち朝駆け」という言葉があって、それは新聞記者が政治の動向を知ろうとして政治家を追うことの表現でした。それが今はイロゴトに使われます。夜討ち朝駆けどころか、何日も家に帰らず、夜陰に紛れて走り、地に伏し、樹に登り、不眠不休で敵（といってもイロゴトの当事者）の動静を摑む。諜報機関のスパイの大義名分は「国のため」でした。刑事さんには犯人を挙げるという大義名分があります。

しかし週刊誌のイロゴト記事の大義名分はどこにあるのでしょう。社会の営みとは何の関わりもない男女の秘めごとを明るみに晒《さら》すことにどんな意味があるのか。何がウレしくて、辛苦の東奔西走に従事するのか、その辛苦が社会にどんな実りを生むのか？　何も生まない。生まないだけでなく暴かれた男女ばかりかその家族もろとも深い痛手を負うのです。仕事によっては、「干《ほ》される」というか、「辞退する」というか生活上の実害を受けた上に、縁もゆかりもない「皆さま」なる国民に向って、テレビで謝ったりしてます。不倫を謝るとしたら、家族に対してだけでいいんじゃないですかねえ？　謝られた我々は何と答えればいいのか。

「いいえ、どういたしまして」

とでもいうんですかねえ。

そこで某週刊誌の人に私は質問しました。

「いったい、どういう意味があってあんなくだらないことをやってるの？」

と。すると彼はこう答えました。

「大衆のニーズに応えているんです」

大衆のニーズ？　私も大衆の一人だけど、そんなこと知りたいと思って

ないよ、というと、「しかし賣《う》れるんです。ということはニーズがあると
いうことでしょう」と自信たっぷりで、
「その証拠として、イロゴト記事に対してインターネット上で必ず大きな
反響があるのはニーズがある印です」
しかしね。ニーズがあることがすべてかね、と私は思います。すべての
ニーズが正しいとはいえない。よくない（低級な）ニーズもある。
「儲かりさえすればいいってもんじゃないッ！」
と私は怒鳴ってしまうんです。
タコヤキ屋のオッサンはタコヤキが賣《う》れさえすればいい。それは商賣だ
からタコヤキを沢山賣ることに精を出せばいい。
しかしマスメディアに従事する人たちは、商人ではない。根っこにある
のは社会への貢献の筈です。他人のイロゴトをほじくって、どんな社会貢
献があるんでしょう？
「何といっても世はネオ資本主義時代ですからね、ハハハ」

と彼は笑いました。自嘲なのか弁解なのか自負なのか。わからない笑いでした。

その笑顔を見ると何だか気の毒になります。好きでやってるわけじゃない。これが現代を生きるということなのか！

私は何ごとにも妥協せず、頑固に自分の生きたいように生きて来ました。それが出来た時代だったのですね。戦前、戦中、戦後の激動を生きざるを得なかった不幸な世代だと思っていたのですが、現状を見るとあながちそうともいえないかもしれないと思います。

かくて、今日の手紙は怒るつもりだったのが、なんだか同情と私の生きた時代への感謝の手紙になったのです。

第9通

なんで街は親切なのに人は親切じゃないんだろう

小島慶子

戦前戦中戦後と、自分を曲げずに生きてこられたとおっしゃる佐藤さんのお言葉が眩しいです。私も何か書いたり話したりする機会があるときは、おもねらずに思ったことを言葉にしようと思います！

さて、私は佐藤さんのお嬢さんが遭遇された老紳士と似たような経験があります。

以前住んでいた集合住宅のエレベーターで、ある日ランドセルを背負った男の子と乗り合わせました。「こんにちは」と挨拶したら、こちらをキッと睨みつけて、扉が開いた途端に、全速力で駆けて行ってしまったのです。知らない人とは口をきくなと教えられていたのでしょうね。

親御さんの気持ちもわかるのですが、器の小さい私はつい「心外だなあ」と思ってしまいました。挨拶はされたら返すのが礼儀だろう！　困っている時に近所の人が助けてくれることもあるのだから、せめて「同じマンションの人にはご挨拶を返しなさい」ぐらいは教えればいいのに！　なんて。大人気ないですね。ただ、中には無視されたことを根に持つ大人もいるかもしれません。かえって危険を招くこともあると思うのです。挨拶を返したらさっと逃げる、が正解なのかなあ。

そうそう、のんびりした西豪州・パースから東京に出稼ぎに来るたびに不思議に思うのは、街はうっとうしいほどお節介なのに人は冷淡なところです。電車の中では、座ったら邪魔にならないように足を引っこめましょうとアナウンスが流れ、タクシーに乗ればシートベルトを締めましょうと運転手さんや機械に促されます。さすがおもてなしの国、過剰なまでのお心遣い。それなのに、街ゆく人は人にぶつかっても何も言わないのです。パースでは逆で、サービスはそこまで親切ではないですが、ぶつかったら謝る習慣があります。

なんで街は親切なのに人は親切じゃないんだろう。もしかしたらサービスされすぎて、すっかり受身になってしまったのかも。過保護なママに甘やかされた子どもみたいに。

流行りのアイドルや人気スポーツ選手を見ていると、最近は人工的な幼さが受けているようです。健気で、感謝を忘れず、みんなに感動を与える、よく仕込まれた子役みたいな子どもらしさ。見ていて息苦しくなってしまいます。

小学校では「二分の一成人式」と言って、十歳の子どもたちに親への感謝を表明させる行事が浸透中です。命をありがとうとか育ててくれてありがとうとか教室で歯の浮くような感謝の作文を読み上げるのです。そんな我が子を見て、親が感動して泣く……私は気分が悪くなってしゃがみこみましたが。

幸い息子は大人の期待なんか意に介さず、友達と遊ぶのが楽しいとか、ぼんやりしたことを書いていました。十歳の幸せなんてそんなものでしょう。たとえ「ああお母さん産んでくれてありがとう」と切実に思う子がいたとしても、人前でそれを読みあげる必要なんかありません。

中には事情があって親とは離れて暮らしている子もいますし、家族から適切な養育を受けられずにいたり、虐待を受けている子どももいます。そういう子たちにも「あるべき親子愛の儀式」を強いるのは酷でしょう。

親なんて子どもがご飯を食べているのを見るだけでも成長したなあなんて密かに感動したりするものなのだからイベントなんていらないのに、なんで学校がそんな行事をやるのでしょう。これも親へのおもてなし？ 子どもに「大人を感動させましょう」と教えるため？ 中には、そうやって人前で子どもに感謝されたい親もいるのかもしれません。自分が育児を頑張っていることを認めて欲しいという気持ちから。それもしんどいですね。

子育ては絵になるものではないし、親子の情は、その親子にしか分かち合えない経験があって成り立っているもの。私なんか子どもを置いて出稼ぎしてますから、人によっては子どもがかわいそう！　とか言うのかもしれませんが、うちはうちでそういうやり方でいこうとみんなで納得しているのでほっといてくれ、と思ってます。

そういえば最近、東京・銀座の公立小学校がイタリアンブランド「アルマーニ」の標準服を作って話題になりました。公立といっても経済的に余裕のある家庭の子どもが多く通う人気校なのだそうです。新しい標準服はなんと最低でも四万円、全て指定のもので揃えると八万円以上。「伝統校らしい〝服育〟を」というこだわりで、校長の一存で決めたのだとか。

教育の素晴らしさは子どもたちの中身が表すものなのに。子どもは、学校や親のブランドを高めるためのマネキンじゃないぞ。ましていろんな家庭の子どもを広く受け入れる公立校がそんな価格設定なんて、おかしいですよね。「服育」（これまた妙な言葉です）は表向きの理由で、高額の標準服が購《あがな》える家庭の子どもだけを入学させたい、つまり貧困家庭を排除したいという思惑でもあったのかと邪推したくなります。

私はいわゆる伝統校と言われる私立の女子校に通っていました。セーラー服がとても気に入っていました。だからと言って「この制服に恥じないように行動しよう」とはこれっぽっちも思いませんでしたし、実際、先生に反抗しまくってブラックリストに載っていました。制服が良い子を作るというのは幻想です！

そんなはみ出し者を叱ってくれたのは、あるおばあちゃん先生でした。ヘビースモーカーで、言葉遣いも男のよう。怒ると「お前らこの学校やめな」が決まり文句でした。そして「何がこの学校らしいかは、自分で考えな」と言うのです。

かっこよかったなあ。信用してくれているんだな、と思いました。子どもをバカ扱いしないでくれたのが嬉しかったです。

ところでなんでブラックリストに載るほど反抗したかと言うと、違いを知ってしまったからです。勤め人の父がローンを組んで買った郊外の家から二時間かけて通った学校には、都心の一等地のお屋敷に住んでいる名家の子どもがたくさんいました。努力すれば夢は叶うと信じて泣きながら勉強したのに、いざ合格して入ってみたら三代前から生まれ直しても敵わないセレブの存在を突きつけられ、「世の中はなんて不公平なんだ！」とショックを受けてグレたのです。でもよく考えたら、彼女たちが私から何かを奪い取ったわけじゃありません。誰もどう生まれるかなんて選べなかったということは同じ。暗黒の三年間を経て、だったら自力で人生をなんとかすればいいやと思い至って更生しました。

あの時、優しくしてくれた先生たちは、ちょっと反骨精神のある人や変わり者でした。人が人であることの面白みを教えてくれた大人ばかりだったなと懐かしく思い出されます。

第10通

どうか慶子さん。こいつはヘンだと思われた時は

佐藤愛子

この数年来、暖冬がつづいたせいか、今年の寒さは身体の芯までこたえます。勿論加齢のせいもあるでしょうが。

去年一年は私の天中殺の年に当るので気をつけなさいといわれていたのです。天中殺というと、よく知らないけれど、なんだか悪いことが集中的に来る年まわりだとかいうことだけど、あんまりそんなことに気を遣わない方なので、「いやね、わたしは年がら年中、天中殺みたいなものでしたからね。馴れっこになってるの」なんていっているうちに、『九十歳。何がめでたい』というふざけた本がなぜかバカ賣《う》れに賣れて、本が賣れてめでたいようだけれど、賣れた余波でむやみに忙しくなり、寄る年波なれば疲労が溜《たま》りに溜って脚はよろよろ、眞直《まっすぐ》に歩いているつもりが勝手に横の方へ行っていたり、頭は朦朧、した約束を忘れて新しい約束を重ねるといった失態は数知れず、これは愈々《いよいよ》認知症の始まりと自覚しつつ、やっぱり天中殺だったなあと改めて感心している（そんな場合じゃないのに）今日この頃です。

しかしながら、よくこんな半ボケのアタマであなたとの往復書簡なんか書いてるなあ、と自分で感心したり呆れたり。どうか慶子さん。こいつはヘンだ、おかしい、と思われた時は、遠慮なく指摘して下さいね。

ホント、これは眞面目なお願いです。

記憶力、視力、咀嚼力、脚力、腕力、何もかも揃って衰えている中でも、一番困るのは聴力です。去年はまだこれほどではなかったと思いながら、日を追って難聴がひどくなっていってます。

難聴になって痛感することは、若い女の人はどうしてあんなに早口なんだろう、声に力がないのだろう、という疑問です。サラサラ、サラサラ、私には谷間のせせらぎとしか聞えません。時々は、

「ごめんなさい、私、耳が遠いものでねえ、すみませんがもう少しハッキリ、ゆっくりいって下さいな」

とへり下ってお願いするんだけれど、それを無視して（と私には思える）平気でサラサラをつづける人が少くないのです。本人は大きな声を出しているつもりなんだろうけど、声が大きければいいってもんじゃない、滑舌が悪いと聞えないんですよ。

とにかく若い女性はみな早口です。もしかしたらこれはテレビの影響かと考えたりするんだけど、どうでしょう？　テレビでは限られた時間の中でいうべきことをいい終らなければならない。そのためつい早口になってしまうってことがあるんじゃないかしら。それを見ているうちに一般視聴者が影響を受けて、サラサラペラペラがカッコいいと思うようになったん

じゃないですかね？

しかしNHKのアナウンサーはどの人もよく聞えます。発声や滑舌に十分な訓練がなされているのかしら。慶子さんは民放でも年季が入ってる（ということは、お年の力？）から、よく聞えるしよくわかります。アナウンサーやタレントは四十歳以上に限る。それが目下の私のアナウンサー論です。もうひとつ、制作者は女性アナの器量とかオッパイの大きさとかお色気なんてものは無視すべし。

私なんぞの大正生れが育った時代は、返事のし方やしゃべり方へのおとなからの文句がそりゃあうるさかったものです。

「なんだ、そのしゃべり方は！　ハッキリいえ、ハッキリッ！」

が私の父の口癖でした。

「腹に力が入ってないからそんなしゃべり方をするんだ！」

などと、我が家に出入りしている若い男性はよく叱られていました。昔の親爺ははじめて会った他人にも平気で文句をいってましたよ。

「声の小さい奴は出世せん！」

というのも常套句でした。

私の父ばかりでなく、学校でも男の子は先生から「声が小さい」だの「ハキハキしろ」だのと叱られ、「呼ばれたら『ハイッ』と力いっぱい声をはり上げて返事をすること」と書いた紙が黒板の横に貼ってあったりして、精一杯声をはり上げているのに、

「ダメだ！　まだ小さいッ！」

「もっと……もっとハッキリッ！」

と怒鳴られる。

そんなふうに育ったせいか、病院の待合室なんかで、名前を呼ばれているのに返事をせずに、黙ってモソーッと立ち上る人を見かけると、その人が病人であることも忘れて私は怒りたくなるんです。

「返事ッ！　ハッキリッ！」

八十年前の小学校の怖い担任の声そのままに怒鳴りつけたくなる。

今は男女平等の時代なれば、男も女もすべて同じがいいということなのですかね、だから男も女なみに小さな声で早口にしゃべります。仕事の関係で若い人の電話や訪問を受けることが多いので、この頃は来客の顔を見ただけで、

「この人は大丈夫らしい。声帯が鍛えられているようだ」とか、

「こいつはあかん！　臍下丹田《せいかたんでん》に力が入っておらぬ！」

と、突然亡き父風になったりして、それがよく当るんですよ。ということは、この一年、いかに苦労して声についての研鑽を積んできたか、ということです。筋肉隆々の男だからといって安心は出来ないし、このやさ男はダメだ、と思い決めたのが、意外に朗々たるものいいだったりして好感度は鰻のぼり。断りたい仕事をつい、引き受けてしまうのでした。

気がつくと、与えられた枚数の限度が来ているようです。なんだか、始めから終りまで愚痴を書き連ねたようですね。愚痴というのは梅雨の雨み

たいにジトジトとつづくものだけれど、私の愚痴は今までの青空にすーっと暗い雲が出て来て、ポツン、ポツンと雨粒が額に当ったと思うと、いきなりザーッ、ピカッ、ザアザアとくる愚痴なんです。だいたいそうなりますから、承知しておいて下さい。

慶子さんは梅雨型と夕立型とどっちがお好み?

よく考えると、問題は私の「耳」にあるのであって、誰が悪いということではないのですよね。多分こうして八つ当りしているうちが花なんでしょう。

そのうち、だんだんもっと聞えなくなって行って、二〜三年経ったら、

「佐藤のばあさん、どうしてる?」

「この頃は何も聞えなくなったんでね、静かだよ」

「そうか……そりゃよかった」

といわれる日が来るでしょう。

第3章

人生について

第11通
手紙を書くって、なんだか心理カウンセリングみたい

小島慶子

天中殺明けでお疲れの佐藤さんにご相談するのも心苦しいのですが、実は私も悩んでいます。往復書簡の連載で書くのもなんですが……この頃お手紙の返事がうまく書けないのです。

私は書いてあることをどこまで信じていいのか、よくわかりません。手紙やメールを「これはあくまで自分の思い込みの解釈だぞ」と思いながら読むのですが、すると返事を書く時に困り果てるのです。そこで友人に相談したら、手紙はうまく書いてはいけない、と言われました。友の言葉を信じてみようと思います。一向にまとまらない想いをそのまま書き連ねる無礼をお許し下さい。

まずは、読むのが難しいのです。本なら、勝手に読めばいい。だけど手紙は相手がいます。もしも真意を読み違えていたらどうしよう？　と思うとすくんでしまいます。佐藤さんのお手紙もとても嬉しく拝読したのですが、やっぱり不安は拭《ぬぐ》えません。

「こいつはヘンだ、おかしいと思われた時は、遠慮なく指摘して下さいね。ホント、これは真面目なお願いです」

というお言葉を真に受けて、きっとまたやらかしてしまうだろうと思うのです。

十年ほど前、久米宏さんとご一緒にラジオ番組をしていました。番組がスタートする顔合わせの時に久米さんは「僕は女性をアシスタントだと思ったことがないし、そう呼んだこともない。だからあなたも僕に遠慮せず、いつでも思ったことをどんどん言って欲しい。生放送なんだから、その方が面白いんだ」とおっしゃいました。私はニュースキャスターをやめられたばかりの久米さんを同じ会社出身の大先輩として尊敬していたので、そのお言葉に忠実にやろうと決意しました。

初回の放送で、久米さんがゲストの女性と電話が繋がった時に大はしゃぎして羽目を外したので、私は思わず笑って「バカオヤジ！」と言いました。するとそこから明らかにスタジオの空気が変わったのです。どうやらご立腹のご様子でした。

そうか、ほんとに思ったことを全て言ってはいけないのだなと猛省して、その夜は熱を出しました。翌週お会いした時に謝罪すると「僕は気にしていないけど、家族とか周りの人がね」とおっしゃったので、やっぱりすごく怒っていたのだと思います。だったらなぜ「思ったことをなんでも言ってね」なんて言ったんだ？ と混乱しました。

大抵の人は、「そうはいっても、ものには限度があるだろう。忖度《そんたく》するのが大人だよ」と呆れるでしょうね。私は、どうやらその忖度機能が壊れているようなのです。

だって、わざわざ「思ったことをなんでも」とおっしゃったのですからよほどのことだと思いますよね？　やっぱり私がおかしいんでしょうか……。

久米さんとはその後三年ほど番組をご一緒して、なかなか息の合ったいいコンビだったと思うのですが、私が異動する際に「お世話になりました。失礼も多々あったかと存じます」と言ったら「月に一度は本気でムッとしたよ」とおっしゃいました。何も最後にそんなこと言わなくてもいいのに！　久米さんも久米さんで、社交辞令が下手なのかもしれません。似た者同士ですね。

久米さんに限らず、目上の方が「なんでも率直に」と言う時は真意はそうではないということはその後も何度か経験して学習しました。「今夜は無礼講で！」は決して無礼講でないという常識を理解するのにうんと時間がかかったのです。

このような苦い経験がありますので、佐藤さんのお言葉にどこまで甘えていいのか、うまくやれるのか、自信がありません。細心の注意を払っても、きっと失敗することがあると思います。その時はどうか、お叱り下さいませ。

こういうのが上手な人は「空気を読むのがうまい」と言われるのでしょう。私はもともと人との距離の取り方がわからない、いわゆる「空気が読めない」子どもでした。大人になってからも、どうしたら人と気のおけない関係になれるのか、他愛ない話をやり取りして、好きなことを言い合えるのか、いまだにやり方がわかりません。悪口を言いながらもずっと付き合いが続いている友人関係なんかみると、なぜそんなことが可能なのか、不思議でなりません。よく、はっきりしていると言われるのですが実際はこんな調子で、頭のなかは全然はっきりしていません。はっきりものを言うように見えるのは、ただ時間を節約しているのです。

どうかなあこうかなあ、わかんないないなあ、どう思う？　なんて言っても、みんな忙しいし他人にかまっているヒマなんかないだろうから「私はこう思います。なぜなら」と言ってしまった方が早い。どうせ大した意見じゃないんだし、うだうだ言ってひとさまの時間をとるぐらいなら、トンチンカンでも言い切った方がいいや、という捨て鉢の気持ちです。

そういう態度が、独断独善毒舌、でかい女が得々となんか言ってるように見えるのでしょうね。そんなに身構えず、相手に委《ゆだ》ねることができれば、もっと楽になれるのだろうと思うのですが……。

手紙を書くって、なんだか心理カウンセリングみたいですね。自分の不安がいやでも見えてきます。嫌われたくないし、失望されたくない。書くそばから「これは佐藤さんに失礼では」「これは読んだ人が怒るのでは」「これは誰かが傷つくのでは」と袋小路に入り込み、手紙じゃなくて下手な論文みたいなものしか書けなくなってしまうのです。

それに厄介なことに、かつて十五年間も局アナなんかやっていたものだから、それだけはっきり意見を言ってもなお、いまだに「個人的な意見は控え、節度ある発言を」という意識に縛られているのです。

局アナの本分を守るよりもラジオなんかで好き勝手なことを言うのが楽しくなってしまったのでアナウンサーを廃業したのですが、辞めてから八年近く経っても、やっぱり長年刷り込まれたものからはなかなか自由になれません。勝手なことを言いたくて会社を辞めたのに、勝手なことを言ってはいけないとつい自制してしまうのです。矛盾していますよね。いつも二つに引き裂かれていて、どっちにも安住できません。これは単に、往生際が悪いんでしょうか？　どうしたら、佐藤さんのように「言いたいことだけ言って生きている」と清々しく言えるようになるのでしょう？

頂いたお手紙を読み返すと、佐藤さんが「肩の力を抜いて、愚痴でも悩みでも言えばいいのよ。あなたの好きなようにやればいいし、わたしも気楽に行きますからね」とおっしゃって下さっている気がします。今度こそ読み間違えじゃなければいいんだけどなあ。こんなことで悩むなんて、四十五歳なのに中学生のようで情けないです。
どうやら私の愚痴は梅雨型、いつまでもぐずぐずジメジメと、キリがないようです。

第12通
人は人、我は我。私はそう考えて波瀾を乗り越えてきた

佐藤愛子

お手紙讀《よ》んで、うーん、そうだったのか！　これはしんどいだろうなあ、と思いました。

慶子さんとは年代が違うし、身を置いた世界も違うし、あなたは超マジメ、私は「そんなことどうでもエエやん」のめんどくさがり党の元締《もとじめ》ですからね。だからこそ、この往復書簡は面白くなるかもと思っていたのですが、そうだったのか！　あなたは「こんなことを書いては佐藤に失礼ではないか」とか「これは讀んだ人が怒るのでは」「誰かが傷つくのでは」と、いちいち悩《なや》んでおられた。そこまでの超常識人だったとは……。私は洞察力には自信があるつもりだったけど、そうとは知らなんだ、知らなんだ、やっぱり私は大雑把な野人なんだなあ、と反省した次第です。

小島慶子さんといえば、歯に衣着せず（佐藤愛子ほどじゃないけれど）思ったことをズバズバいう論客、女性には珍らしくサッパリした聡明なお方という世評が定着しているじゃありませんか。

なのに本当は他人との「空気の讀み方」を考えながら、人とつき合っている（そして疲れ果てている）なんて……相手はこういった、私はこういった、なんてことに神経を使っているなんて、それはたいへんでしたねえ。あなたが所属してきた世界がいけないのか？　あっちこっち、いろいろと配慮が必要な世界なんだろうことは推察出来るけど、だからこそその中で小島慶子はスッキリした独特の存在感を持って超越している女性として認められていたんじゃないですか！

グダグダいってもしょうがない。それよりお手紙にあった久米宏さんとの話をします。

久米さんとの共演のラジオ番組で、「思ったことをどんどん言って欲しい」といわれたあなたは、「そのお言葉に忠実にやろう」と決心して、放送中に久米さんに向って、勿論ふざけてのことだけど、「このバカオヤジ！」といった。そこでスタジオの空気が一気に白けた、という話。そこであなたは思ったんですよね。

「そうか、いくら偉い人に頼まれても、思ったことをいってはいけないんだ！」

そう猛省し、その夜は熱を出した。

ここで私は笑いましたよ。いやァ、面白い。人が熱を出してるのに笑うなんて、ときっとあなたは怒るだろうけど、だって笑えてくるものはしょうがない。

慶子さんと私とは感性が両極なのね。私は「一所懸命の眞面目」にユーモアを感じる人間なんですよ。これは私の欠点なんだろうけど、そのお蔭で人生の辛苦などクヨクヨせずに（熱など出さず）凌いで来ました。夫の会社が倒産して、借金取りが血相変えて返せ返せ、どうしてくれる、と詰め寄る、その必死の形相を見ると、なんだかおかしさがこみ上げて来て、しかしなんぼなんでもこういう時に笑ってはイカンという常識（あなたの「空気を讀む」というやつ）はありますから、こみ上げる笑いを隠すのに、咳をするやら、ハナをかむやら、するとそんな自分がまたおかしくなって来て、身をよじって笑いたくなる。えらい苦労をしました。

話を戻します。

久米さんとあなたとのコンビの番組がつづいた後、あなたは異動になりました。久米さんに最後の挨拶をしたら彼はいいました。

「月に一度は本気でムッとしたよ」

それについてあなたはこう書いている。

——何も最後にそんなこと言わなくてもいいのに。

と。そして「久米さんに限らず目上の方が『なんでも率直に』というときは眞意はそうではないということはその後も何度か経験して学習しました。『今夜は無礼講で』が決して無礼講でないという常識を理解するのにうんと時間がかかったのです」と。

「慶子さん、勝手にアタマから決めなさんな」

私は（笑うどころか）眞面目にそういいたい。これじゃあ、あなた、苦しいわ。そりゃあ辛いわ。私はこう思うの。久米さんが「月に一度は本気でムッとしたよ」といわれたのは、それは久米さんがあなたに親しい気持を持っているから、慶子さんならいっても大丈夫、という安心があるから、二人の間に醸成された親身さへの信頼があってこそ、久米さんはいったのだと私は思います。

その時、慶子さんが、

「ごめんなさい。だって久米さんははじめに仰有《おっしゃ》ったじゃないの、何でも思ったままをいってほしいって。だからわたし、その通りにしたんですよ」

といったとする。すると久米さんは、

「バカ正直なんだなあ、君は」

と笑いながら返してくれる。そして二人で笑って終ります。そんな程度の話ですよ。

しかし、ここであなたが「バカ正直？　バカとは何だ」、ということになると、どうしようもなくなるけど、まさかね。


世の中にはいろんな人がいます。一人一人、みな違います。一〇〇人いたら一〇〇の感性があり価値観があり、理屈があるわけだから、当然、理解不能、誤解や偏見が生れます。これは仕方のないことよね。正すことなんか出来ない。それぞれの人の思わく、傷ついた、傷つけた、なんてことを考えたって追っつかない。「蛸《たこ》の酢のもの」を酸っぱいから嫌いだという人を、味のわからん奴、と怒ってもしょうがない。また、無理に嫌いでなくなろうと努力する必要もない。蛸みたいなあんな気色《キショク》の悪いものを食べる人の気が知れない、と批判をしてもしょうがない。蛸好きが偉くて、蛸嫌いが劣等ということはないのですからね。

今の時代は何かというと人の気持をわからなければいけないといい過ぎると私は思います。夫は妻の、妻は夫の、親は子供の、教師は生徒の……。エイいちいちうるせえ、と私はいいたくなる。そんなことばかり考えてるから現代人は萎縮してるんです。

平気で人を傷つけるのはそりゃあよくないですよ。けれども、たいしたことでもないのに、傷ついた、傷つけられたと騒ぐのもよくない。私は思います。勝手に傷ついてクヨクヨしている暇にむやみに傷つく自分を矯《た》める努力をした方がいいんじゃないかとね。第一そんなことにいちいち神経を使っていたら身がもたんもんネ。

人は人、我は我。

私はそう考えて九十四年の波瀾を乗り越えて来たのですよ！　そう考えなければ生きてこられなかったのよ！

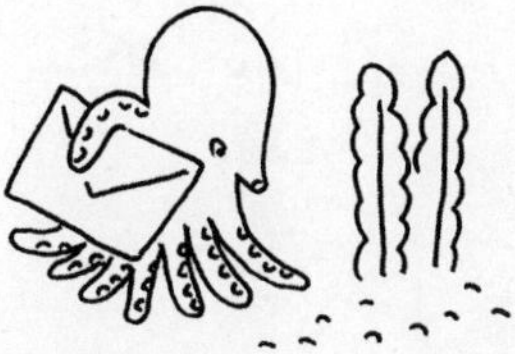

第13通

どうしてそんな不自由な酢ダコ原理主義になったのか

小島慶子

温かいお返事を有難うございます。往復書簡の連載で、あろうことか佐藤さんに「うまく手紙が書けないのです」と愚痴を言うというあるまじき失態を晒《さら》した私に、お優しいお言葉を頂き、恐縮しております。

私もこれではいけないと思い、カウンセリングを受けて参りました。

実はこの頃、書けないのは手紙だけではなく、ほぼ全ての原稿に難儀していたのです。たった三千字ほどの原稿を書くのに文字通り二十四時間デスクの前に座り続けても、書けない。それを二日やってもできないのです。

徹夜が続いて目の焦点も合わなくなりました。

食事もろくにとらずにいたのでやせ細り、釈迦の修行像みたいになってきましたので、どうやらこれは心の問題だと思い当たりました。このところ胸を塞いでいる幾つかの案件が重石になって、何をするにも自分を圧迫しているようだと気づいたのです。そこで、こんな時にはとっとと人様のお力を借りようと、高名なカウンセラーのところへ行って来ました。

すると、しんどさの原因は、異常に強い倫理感だと判明したのです。要は自分で勝手に「こうあらねばならない」と厳しいルールを作って、自縄自縛になっているのだと。まさか自分がそんなにご立派な人間だとは思いませんでした。

佐藤さんの酢ダコのたとえでいえば、佐藤さんは「蛸《たこ》好きが偉くて、蛸嫌いが劣等ということはない」と、酢ダコに対する多様性に寛容でいらっしゃるのですが、私は「どんなに不味い酢ダコに当たっても、美味いと言わねばならない」と頑なに思い込んでいるようなのです。酢ダコ原理主義です。

たとえ蛸を見るのも嫌で、飲み下すのに死ぬような思いをしなくてはならないほどの酢ダコ嫌いであっても「酢ダコは美味い」と言うべく最大限の努力をするべきだと思っているんですね。

しかし、誰のために？ いったい誰に「酢ダコは美味い、たとえどんなに蛸嫌いでも！」とか言わなきゃならんのでしょう。「ときに酢ダコは好きなのですか」とか訊《き》かれたわけじゃないし、たとえそうだとしても「蛸は好きだが、酢ダコは好かん」と正直に言えばいいだけです。

なのに、いや、そんなことを言ったら酢ダコ屋さんに失礼なのでは？とか、酢ダコファンが傷つくかもとか、なんなら酢に悪いかも……とかいーろいろ考えて、最終的には「酢ダコが好きと言えない自分は、死ねばいい」となる。やはりどうかしています。

そこで、どうしてそんな不自由な酢ダコ原理主義になったかをカウンセリングしてもらったら、生育環境とか夫婦関係とか、いろんな背景があることがわかりました。

「ああっ、そうなんです先生！　私、これこれこういうわけで、どうしても夫が許せないんです。やっぱり許さなくちゃいけないですよね？」と言ったら、あっさり「真面目すぎます。許さなくていいです」と言われて、ものすごく楽になりました。

どうもこの諦めの悪さが、原理主義の源らしいのです。以前佐藤さんのおっしゃった、執着というやつですね。

酢ダコはあればあったで美味いこともあろうがなくても生きていけるし、不味かったところで誰かが死ぬわけじゃないんだから、好きでも嫌いでもどっちでもいいんですよね。生きる上で酢ダコはそんなに大事か？　蛸の白黒をはっきりさせなくちゃいけない理由なんてあるか？　と冷静に考えたら、人生を酢ダコに左右されていること自体が実に下らんということに気がつきました。

カウンセラーの先生は「もっといい加減になりなさい」と言います。それなら最近ついに刺身をパックからそのまま食べることを解禁したし、ハタハタを焼きながらフライパンからじかに食べるっていうのもやりました。以前はそんなことしたら人としておしまいだと思っていたんですが、もうへっちゃらです。

しかし先生はそんなレベルではなく「人を好きになるとか」と涼しい顔で言うのです。

ええっ、このご時世に、婚外恋愛のすすめ!? そんなこと言われても、周囲を見れば、砂漠にシャレコウベが転がっているような風景です。知人の男性の顔をいろいろ思い浮かべても、この年になるといずれも恋人にするには事故物件で、ときめきのかけらもありません（勝手に査定された男たちも大迷惑でしょうが）。

「先生、残念ながら思い当たる人もおらず、脳の恋愛回路が腐れ死んでいるようです」と言いましたらまた涼しい顔で「そんなもの、枝からぶら下がる果物みたいにある日ヒュッと目の前に現れるもんです。ためらわずに食べればいいのです」と言う。すごい先生に当たってしまった、と思いつつも、これまで友人たちに散々つまらん女だとか見掛け倒しだとか言われてきたので、そんな心持ちでいてもいいのかもしれないと思うことにしました。

するともう、帰り道から週刊誌に尾行されている気分です。人混みを抜け、タクシーに乗り、ホテルの前で降りた！　と思ったら並びのスーパーに行き、わびしげな惣菜を買っている……と思ったら半額になってるサヨリとキビナゴとツブ貝の刺身を全部で五パックも買ったぞ！　と色めき立つ取材班。しかしそれはカウンセリングで自己解放した記念に「刺身食べ放題で散財祭り」をやることにしただけのこと。男と食べるわけじゃないのだ、ざまあ見ろ！　と振り向いても、もちろん誰もいません。結局、生ものはやはり三パックが限界だということがわかりました。もったいないで、カウンセリングだけでは飽き足らず、今更ながらの初詣にも行っておみくじを引いてみました。そしたら「さきの世につくりし罪も露と消えて花咲く春の来しぞうれしき　吉」と出ました。悩み事が消えて楽になるという意味のようで、「待ち人来る」とあります。せっかく罪が消えたところで道ならぬ恋なんかしてしまって大丈夫なのでしょうか。

そこでさらに境内にある占いブースで運勢を見てもらったら、これまた「あなたは自由でなくちゃいけません」と言われたのです。

カウンセラーとおみくじと占いと、三度までも同じことを言われたのですから、これはどうしたってそうしろっていうことですよね？　恋をしろ、と。

佐藤さん、人生には、砂漠の真ん中を歩いていたらいきなり目の前に果物がぶら下がっているなんていうことが、あるんでしょうか。

第14通 だって恋愛は理屈じゃない。情念の問題ですからね

佐藤愛子

お手紙拝見。

「書けない」ということに悩《なや》んでいらっしゃるというところを讀《よ》んで、思わず独り言をいいました。

「そんなん、当り前やがな」

たった三千字ほどの原稿を書くのに二十四時間坐りつづけても書けない。

それを二日やってもできない、なんて、私なんぞ自慢にはならないけど、六十余年の作家生活の中で、何十回、いや何百回経験してきたことか。

それでも食事もとらずに痩せ細り釈迦の修行像みたいにはなりませんでした。頭を使い過ぎて胃がカチンカチンに固くなるので食欲《よく》がなくなるのは当り前のこと。食べたくなければ食べないでいればいいと思えばいいだけで、食べなければ食べなければ、と思い詰めるものだから、ますますカチンカチンになるんです。

そういう時は「書かねばならぬ」という気持を消すことです。まあ、人の気質によってその方法は違うでしょうが、一番簡単なのは散歩とか体操。酒好きはお酒を飲む。美容院でトリートメントをしてもらうと気分がスッキリして書く気になるという人もいます。私は昔、友達に電話をかけて亭主の悪口をいいまくる、というテをよく使いました。亭主がいなくなってからは仕方がないので、「今どきの若いもん」の悪口をいって、胃のカチンカチンをほぐしていたものだけれど、この頃はそれにも飽きて冷蔵庫の残り物をかき集めて、スープやシチュウのまがいものを作ったり（そしてムリヤリ娘と孫に食べさせる）、固くなったパンをちぎって庭に撒いて、野鳥がついばみに来るのをじーっと待っている。六十年住みついているこの世田谷の一隅には、小さな庭に四季を通じていろいろな野鳥が来るのです。羽の色やくちばしの形ですっかり馴染みになっている鳥たちだけれど、図鑑をひもといてその名を調べるなんて気はないので、私にとっては「名なし鳥」たちです。わかるのは烏《からす》に雀に鳩と鶯《うぐいす》くらいなものでね。でもそんな鳥たちのおかげでカチンカチンの胃はやわらかくなり、ついでに眠気がさしてきて、そのまま熟睡。「書かねば、書かねば」という気持は全く消え去ります。修行の釈迦像になるわけがない。

慶子さんが修行の釈迦像になってきたので、これは「心の問題」だと思ってカウンセラーの先生の所まで行かれたと聞くと、ふーん、たいへんなんだねえ、と驚きながら、もしかしたらそういう神経の持主こそホンモノの芸術家なのであって、私なんぞエセ作家なのか、と反省してしまいます。

カウンセラーの先生は、慶子さんの「異常に強い倫理観」に問題があると指摘されたとか。自分で勝手に「こうあらねばならない」と厳しいルールを作って自縄自縛になっている、つまり「眞面目すぎる」といわれてあなたは納得されたようだけど、それは私なんぞが既に何度もいってることですよ。そんなこと、カウンセラーに行かなくても誰の目にもわかってることですよ。しかしあなたは（あなたの直線的思考は）カウンセラーのいわれることなら、スーッ、スーッ……と胸に落ちるんだけど、そうでない手合のいうことは単なる「個人的感想」として聞き流す。まあ、いい方が理路整然としていないからそうなるんでしょうけどね。つまりあなたには「ロジックを鮮明に展開する」ことが必要なんですねえ……（咏嘆《えいたん》）。

カウンセラー氏は、あなたに「人を好きになること」を勧められたということだけど、うーん、それはそうかもしれないけれど、この問題は嫌いな酢ダコを健康にいいからといって無理して食べるという話とはぜんぜん違う。だって恋愛は理屈じゃない。情念の問題ですからね。

あなたのいうように運よく砂漠の眞中《まんなか》を歩いていたら、いきなり目の前に果物がぶら下がっていることがあったとしても、ですよ。その果物を食べたいという心持が起らなければ通り過ぎるだけよね。果物の方は食べてくれ、手に取ってくれ、と熟れに熟れていても、こっちの胃がカチンカチンじゃしょうがないし、それでもたまにぶら下がっている果物が目に止って、「あら、おいしそう」と思うことがあったとしても、反射的に「でも……」と呟きが出てしまう。「見てくれはいいけど、酸っぱいんじゃないか？」とか「虫が喰ってないか？」なんてつい思う。問題は「そう思ってしまう小島慶子」にあるんじゃないか？

私はそう愚考します。しかし、いくらそう思うなといわれても、思いが湧いてくるものはしょうがないんですよね。それをどうすればいいか、はカウンセラー氏は教えてくれなかったんですか？

要するにこれは「己れとの闘い」ということになるんですかねえ（嘆息）。

慶子さん、あなたが書けないのは、私のように老化と疲労で脳《のう》ミソが涸《カレ》涸（カレ）になったからじゃなくて、こう書いたら人はどう思うか、傷つけるのじゃないか、イヤな思いをさせないか、なんてことを思い煩うからじゃないのかしら？　間違ってたら許して下さい。

でもね、「書く」ということは「人間を描く」ことですから、モデルにされた人が讀むと傷つくことは当然あります（私にはモデルにした覚えはないのに、勝手に「された」と思いこんだ友人からひどく恨まれたことがあります）。

人間というこのいとしくて厄介きわまる存在の、その眞実を描こうとすれば、当然、細部、深部を見据えて抉《えぐ》ることになります。私は昔、大先輩作家の室生犀星さんから、こんな葉書を貰いました。

「小説というものは、先《ま》ず近親を討ち、友を討ち、而《しこう》して己れを討つものです」

そんなエゴイズムを持っているのが小説家というものです。世間の（常識ある人たちの）毀誉褒貶《キヨホウヘン》に鈍感であることが必要なのです。人を傷つけ、そして自分も傷つき、その傷口を晒すのが小説家です。私はそういう考えで書いて来ました。

「書くことは苦しいけれど、楽しい」

つまり「たの苦しい」というやつだね、と昔、遠藤周作さんといい合ったことを時々思い出します。「たの苦しい」と思えるようになったのは、作家稼業も大分年季が入ってからのことで、それまではひたすら苦しいのがどの作家も通る道順なんですよ。わかったかな?

第15通 これが佐藤さんのおっしゃる「己との闘い」なのか

小島慶子

書くということは「先《ま》ず近親を討ち、友を討ち、而《しこう》して己を討つものです」という室生犀星さんが佐藤さんにおっしゃったお言葉、そして佐藤さんが遠藤周作さんと言い合った「書くことは苦しいけれど、楽しい、〝たの苦しい〟というやつだね」というお言葉、肝に銘じます。

数年前に書いた半生記が原因で、親族の一人に事実上縁を切られました。悲しいことですが、仕方がないのかもしれません。私が体験した家族というものはああであったし、家族とはそういうことが起きる場なのだという実感は、ほんとうだからです。ただ、当人にも言い分があろうし、悔いもあるのでしょう。

それに比しても感慨深かったのは、母の言葉でした。「ものを書くのはそういうことだから」と言って、むしろ娘が物書きの端《はし》くれになったのを喜んでいる風だったのです。本好きで、子どもの頃に小説家を夢見たこともあった人だからでしょうか。

その様子からは、親の愛というよりも、何か常軌を逸した執着といいますか、どこまでも見たいようにしか見ない力の強さというものを感じました。愛は欲望であるという意味では、私に対する母の欲の深さは想像を超えています。それは恐ろしくもあり、やはりすごいことだと思いました。

佐藤さんの「〝あなたは真面目すぎる〟なんてことは、カウンセラーに言われなくとも、もう何度も私が言っているじゃないか」というご指摘は、まさにその通りです。これまで何度も親身なお言葉を頂いておりながら、自分はそれを頂くのに値しないのではないかという不安がありました。心にこだまする「お前のような者に、本気で物を言ってくれる人があるものか。調子に乗って真に受けるな！」という声に怯《おび》えていたのです。

　こういうことを書くと大抵「めんどくさい」と言われるのですが、性分なので仕方がありません。生育環境とか過去の経験とか、いくら分析してもらったところで、このような脳みそを持ったことばかりはどうしようもない。これが佐藤さんのおっしゃる「己との闘い」なのでしょうか。

「たの苦しい」まではまだまだ遠い道のりを、こうして呻吟《しんぎん》しながら行くしかないのですね。しかし、ではやめたいかと言われたら、やめたくないのです。どうしても書かずにいられないのですから、こういう人生なのだろうと思います。お手紙の「書かねば、書かねば」と思うから書けないのだ、散歩するなり酒を飲むなり、庭に来る鳥にパンを投げてやるなりすればいい、というくだりを拝読しながら、ハッとしました。

　そういえば私、オーストラリアに帰ってきてからここ十日間、ずーっとデスクの前に座りっぱなしでした！

どうりで腰も痛いし、目も一夜干しみたいに乾いているわけです。そこで、車で四十分ほどのところにあるヤンチェップ・ラグーンという浜に行ってきました。

ここは、岩場が天然の防波堤となっている穏やかな浅瀬です。海は真っ白な砂地の透けた淡い水色で、沖の方は明るい瑠璃《るり》色に光っています。日差しはもう夏ほどの勢いはありませんが、浜は小さな子どもを連れた家族で大賑わいでした。日よけテントを張り、息子たちがひと泳ぎして砂に伸びたところで、一人で浜を散歩することにしました。

実はこのビーチには、四十五年前に母に連れられて、何度も来ているはずなのです。

一九七二年に父の転勤先のパースで私を産んだ母は、幼い娘を連れてよくドライブに出かけたそうです。私は三歳で日本に来てしまったので、オーストラリアの記憶は少ししかありません。もしかしたら、ビーチを歩いているうちに「あ！　ここは……」なんて記憶が蘇るかもしれないと思いました。

浅瀬の南端まで行くと、砂地からせり上がった平たい岩盤の上を、くるぶしくらいまでの水が複雑な紋を描きながらサラサラと流れていました。母がよちよち歩きの私の手を引いて歩いたのはこの辺りだろうかと見渡して、そうか、ここに来た時の母は、今の私よりも十歳も若かったのか！と気づきました。赤ん坊の私はこの岩にぺたりと座って、初めて海に触れたのかもしれません。けれど悲しいことに、あたりの景色には何ひとつ見覚えがありませんでした。

反対側の浅瀬の北端には岩場はなく、砂丘が海のすぐそばまで迫っています。浜は歩くほどに傾斜がつき、海になだれ込む斜面を波に洗われながら歩く格好となりました。

普段は目の前三十センチのパソコンの画面ばかり見ているものですから、こういう時ぐらいは思い切り遠くを眺めてやろうと、どこまでも続く汀《みぎわ》の果てを見つめて進みます。歩きながら、自分の前にはあと一体どれくらいの道程があるのだろうかと考えました。

次男が大学を出るまであと十年。あと十年も！　だけどこれまでの十年だって、長いようであっという間だったしな……と苦しいような切ないような気持ちになったその時、左手から大きな波が浜を駆け上がってきて、足を取られました。

右手には灌木の茂みに覆われた砂丘が迫り、浜は小道のように狭くなっています。海と陸との挟み撃ちに合ったような形でバランスを崩すと、波に巻かれた脚がみるみる砂に沈みました。引き波に吸われた砂は絹布のように脚にからみついて、そのまま体を海に引きずり込もうとします。咄嗟に上体を陸の方へと傾《かし》げ、渾身の力で踏み堪えて、ようやく波が手を離してくれた隙に逃げ出すことができました。

波は千回に一回ほど、通常の倍くらいの高さになることがあるそうです。ただ、いつそれが来るかは、あまりにも複雑で予測できないのだとか。

ふと、さして長くもないこれまでの人生にも、こんなことがあったかもしれないなあと思いました。

浜はどこまでも続くのに、幼い日の記憶は一向に蘇りません。確かに何度も見たはずの風景は、脳みその奥底に押し込められて取り出せなくなってしまったようです。午後の柔らかな日差しに照らされた緑青色の海をしばし眺めていたら、思い出探しはもういいや、という気持ちになりました。くるりと向きを変えてテントまで駈け戻ると、夫と子どもたちが砂にだらりと転がっていました。

ああ、波に呑まれず戻って来られてよかった。息をついて空を見上げたら、薄綿のような雲を透かして輝く太陽の周りに、ぐるりと円形の虹が出ていました。日暈《にちうん》という珍しい現象です。虹のくせにいつまでもくっきりと輝いていて、まあとにかくそれでいいんだよ、と大きな丸をもらったような気がしました。

帰りの車の中ではもう、佐藤さんにこの話をしたくてうずうずしていました。やっぱりじいっと座っていないで、散歩のひとつもするものですね。カチンコチンの頭をほぐすには、砂漠で果物を探すよりも、波に半分さらわれてみる方が良いみたいです。

チュー

最終章

結婚について

第16通 今、私は彼に恋をして欲しいと思っています

小島慶子

先日は九十六歳のお誕生日に久々にお目にかかれて、とても嬉しかったです。差し上げたブルーの桜桃のペンダント、お似合いでした。気に入って下さればいいのですが。

連載は前回の私からのお手紙を掲載したところで休止になり、たくさんの読者の皆さまにご心配を頂きました。中には私が何か無礼なことをしでかして佐藤さんがご立腹されたのかと心配してくれた友人もいたのですが、昨年来のお疲れが溜まっていることもあり、しばし佐藤さんのご体調を優先するという担当編集者の判断で、往復書簡はお休みとなっていました。

実は、その間にも私は編集者に内緒で何度か佐藤さんのご自宅をお訪ねして、すぐに失礼しますと申しながらも毎度だらだらと、外が薄暗くなるまで居座って、一度は近所でお夕食までご一緒しました。あれは夏の盛りでしたよね。袖なしのワンピースから伸びた佐藤さんの白い二の腕がとても美しかったのを覚えています。またある時は、いろんな過去の恋愛の話をしたりして、秘密の果実を一緒に食べたような気持ちにもなりました。厚かましいことこの上ないですが、私としては佐藤さんとの間にシスターフッドと言いましょうか、不思議な連帯のようなものを感じたひと時だったのです。この往復書簡でも度々書かれているように、かつての恋を語る時も佐藤さんの眼差しは複雑で健気な人間なるものを愛おしむように優しく、私は短編映画を見るようにそれを辿りました。いったい自分はそのような眼差しをかつての恋人たちや夫に向けたことがあっただろうかと自問すれば、もちろんそんな悟りの境地には到底至っておらず、道の遠きを思うばかりです。

そういえば、佐藤さんは先日「あなたの夫はどんな人で、何を考えているのか、今何をしているのか」とお尋ねになりましたが、いろんなお話に夢中になるあまり、私と夫の馴れ初めもお話ししておりませんでしたね。

夫と出会ったのは二十五歳の時、ある旅番組のロケでのことでした。夫はテレビ制作会社のディレクターで、私は放送局のアナウンサー。七歳年上の彼の第一印象は、やたら押しが強い人だなという感じでした。見た目は背が高くてノリがいい、いかにもテレビ業界人という感じだったのですが、全身から「こっちに入ってくるな」というサインが出ていて、何かに怯《おび》えているようにも見えました。当時私には交際している人がいたのですが、これから二週間ほども一緒に外国ロケに行くディレクター（今の夫）には正直言って魅力は感じず、ああ恋人には安心して待っていてもらえるなと思いました。夫に聞いたら私の第一印象は「随分のしのしと歩いてくる人だな」だったそうです。遠くから早足で歩いてくる背の高い女を見て向こうも「なんだか押しが強そうだな」と思っていたのですね。「素敵な人だと思ったよ」とか言ってくれても良さそうなものですが、まあともかくお互いに一目惚れではなかったようです。

ロケ先は南米ペルーでした。北部の標高五千メートルの峠を越えて、奥地の村々まで行きました。空は黒みがかった青色で、足元にはまんじゅう型のサボテンがみっしりと花を咲かせており、乾いた風が吹いていました。古代アンデス文明の盗掘された墓を歩くと、足の下でパリポリと骨の砕ける音がしました。目の前で吹き曝《さら》しになっているミイラの女性と自分の違いは水分量だけだな、こんなにも死があっけなく不可避のものならば、せいぜい生きているうちにいろいろ楽しんでおこうと思いました。

崖っぷちのガタガタ道をおんぼろワゴン車で何時間も移動しながら、ディレクター（現夫）と話をしていたら、彼が若くして身内を相次いで亡くしており、離婚もしていて、三十二歳にしてなかなか大変な経験をしていることがわかりました。すると俄然興味が湧いてきました。

私は当時、人の気持ちがあまりわかりませんでした。だから、悲しい思いや辛い思いをたくさんした人と一緒にいれば、人生のいろいろな味わいがわかるようになるのではないかと考えました。ロケが終盤になった頃には、二人は車の中でこっそり手を繋ぐようになっていました。帰国してから交際が始まったのですが（つまりは当時の恋人には戻ってすぐに別れを告げたのです。今は幸せになっているそうです）、初めからときめきはありませんでした。あったのは安心感と興味です。私は大学一年生の時の人生で最初の恋が、ひどい失恋をしたばかりの男とだったもので、最初に見たものを親だと刷り込まれたカルガモのひなのように、悲しんでいる男を見ると条件反射で好きになってしまうのです。全ての男は事故物件、というのが持論でもあります。住宅はどんなにきれいな物件でも、奥に入れば開かずの間とか、妙に陰気な押し入れなんかがあるものです。人の心も同じで、ことそれが男だと私はついそこに踏み込んでシャッとカーテンを開け、「ほら見てみろ、ここにウジの湧いた傷がある。目を逸らさずに膿を搾りたまえ」などと言わずにはいられません。リノベーションを強いることで相手を支配しようという恐ろしい性癖ですね。

さて、ロケから戻ると程なくして彼のオンボロマンションに転がり込み、親に内緒で同棲を始めました。当時彼は海外ロケが多く、半月も留守にすることもしょっちゅうでした。多分、ロケ先で同行のタレントと浮気もしていたと思うのですが、私はとにかく自分一人でいるより恋人がいる方が安心だったのでそれについては考えないようにしていました。

彼はよく、私の顔を見てニコニコしながら、どこか上の空で恍惚としていることがありました。思うに、そういう時の彼は私ではなく「幸せそうにしている息子を優しく見つめる亡きママ」の眼差しで自分自身を眺めていたのです。つまりは私は予め死んでいて会ったこともない姑の笑顔の再現を見せられていたわけで、だからいつもちょっとゾッとするような感じがあったのだと思います。それでも彼といたのは、彼が私に寛容だったたからです。私が道の真ん中で癇癪を起こしてガラケーを道路に叩きつけて割ってしまっても、レストランでグルングルン船を漕いで寝てしまっても、生理前で機嫌が悪く些細なことで因縁をつけて怒りまくっても、いつも受け止めてくれました。それまでの恋人たちも総じて優しく、感情の振れ幅の大きい私に苛立つこともなく付き合ってくれたのですが（どうもこの手の女に弱いタイプというのは一定数いるようですね）、当時の夫はその中でもちょっと変わっていて、「自分は善人である」と心底信じているようなのでした。それは今思えば強烈な認知の歪みで彼自身の闇の深さを示しているのですが、当時の私はまだそうとは気付いていませんでした。「僕はいい人だよ。いい人の僕といれば君もいい子になれるんだよ」というおまじないにかかっていたのです。私は夫という教祖に入信した信者でした。

その後、「もう三年も同棲してあなたも私という人間の生態がわかっただろう。そろそろ結婚しないか」と私から切り出しました。すると「俺は一度離婚しているから結婚する資格はない」などと煮え切らず、結局これという具体的なプロポーズの言葉はありませんでした。私から誘導尋問を重ね、繰り返し言質をとって諸々を決め、神社での白無垢の挙式と外資系ホテルでの披露宴とで日取りを二回に分け、非常に満足して結婚式という大イベントを終えることができました。

　その年は西暦二〇〇〇年で、新婚旅行で訪れたバチカン市国のシスティーナ礼拝堂では千年に一度だか百年に一度だかしか開かない扉が開き、そこを潜ると全ての罪が許されるというのでとんでもない行列ができていました。クリスチャンでもないのに、私たち夫婦も列に並んで、その扉の下を潜りました。異教徒にも有効なのであれば、あれで私も夫も二十世紀に犯した罪の一切が赦されたことになります。

　世紀跨《また》ぎの夜は、夫の知人の家で夕食を共にしました。その知人は数十年前にイタリア人と結婚して離婚したばかりの日本人女性でした。七十歳をすぎた夫が若い女を作って出ていったのだそうです。彼女のアパートメントはこぢんまりしていましたが、慰謝料としてサルデーニャの別荘をもらったそうです。

もうあと三十分ほどで二十一世紀になろうという頃、ドアが開いて寒風とともに黒いコートを着た一人の老人が入ってきました。そして私たちゲストには目もくれず、老いた元妻の耳元に何か囁くと、頰にキスをしてまた風のように去って行きました。世紀跨ぎの瞬間は今の妻と迎えるのでしょう。元妻は身動ぎもせず、じっと目を伏せて座っていました。新婚カップルの目の前で繰り広げられたその光景は、結婚がどのようなものであるかを暗示していたのかもしれませんが、私たちもまた世紀跨ぎをホテルの部屋で迎えようと、おいとまを告げると大慌てでタクシーに乗り込みました。しかし結局その瞬間をローマの路地裏で迎えてしまい、運転手は家族に電話するわ、酒瓶片手に大騒ぎの群衆に取り囲まれるわで、部屋にたどり着くのに一苦労しました。

と、ここまで書いてきて夫の描写がほとんどないことに気が付きました。でも本当にあまり記憶がないのです。彼が何を言ったのか、どんなことをしたのか、思い出せません。おそらく私の脳の特性である、目の前の最も刺激の強いものに集中してしまうという性質がそうさせているのではないかと思います。当時の私にとっては夫はもはやさほど珍しくもなく、三年間の同棲を経て日常的な存在になっていたため、それよりも目新しい物事、つまりは老夫婦やローマの街の人々に意識が向いてしまったのでしょう。

結婚してからも暮らしぶりは同棲生活とさほど変わらず、親戚との蜜月もすぐに冷め、忙しい共働き生活が飛ぶように過ぎていく中、冷やかしで見に行ったマンションを買い、その翌年には長男が生まれました。実家での家族との関係が穏やかではなかった私にとっては、幸せとはこんなに安らかで曇りのないものなのかと怖いくらいでした。

育児休業から仕事に復帰し、子どもを保育園に通わせながら文字通り必死で新生活に慣れようとしていた頃、喉に違和感を覚えました。声を使う仕事なので心配になり、専門の病院で調べてもらったところ、喉の粘膜から、性交渉で感染する病原体が発見されました。感染経路は夫しかありません。「せっかく幸せになれたと思ったのに」と泣き崩れた瞬間のことは一生忘れません。夫婦で薬を飲み、病気は消えましたが、心はめちゃくちゃに壊れていました。離婚届を用意したものの、幼子を抱えてシングルマザーになる決心もつかず、全てを胸の奥に封印して生きていくことにしました。なぜそんなことをしたのか夫に尋ねると「赤ちゃんにかかりきりで、慶子の目の中から白いキラキラしたものが消えたから」という答えでした。産後の女性はホルモンのバランスが変わって医学的に見ても性欲が減退するもの。私の夫への愛情が冷めたわけではなく、本当に赤ん坊の育児と仕事の両立でヘトヘトで、セックスどころではなかったのです。でも夫からしたら「僕より赤ちゃんがいいんだね、もう知らないよ、ぐれちゃうぞ」ということだったようです。

そりゃあ確かに生まれたての赤ちゃんは隅々までいい匂いで清潔で可愛らしく、それを見慣れてしまうと夫はなんだか薄汚れた存在に思えたし、本能的に夫との性的な接触を避けていたのですが、それが夫にとってはホルモンの仕業ではなく、私が愛想を尽かしたように見えたのでしょう。「僕は君が大好きだから、是非ともしたいのだけど、どうして応じてくれないのか。とても寂しくて悲しい」と率直に言ってくれたらよかったのに。夫婦で工夫のしようはあったはずです。そのような話し合いをしようと思いつかなかった夫の意気地のなさと知性のなさに心底失望しました。男性の側からすれば男としてのプライドがとか妻が察しろとかあるのでしょうけど、そんなこと知りません。お母さんじゃないんだから、察してもらって当たり前なんて思わないでもらいたい。

その出来事がきっかけで精神を病んだ私は、しばらく心身ともに非常に不安定になりました。死にたいと思う気持ちも強くなりました。自宅の窓から飛び下りようとしたこともあります。この時に実質的な夫婦の信頼関係は一度終わっているのですが、私たちは子育てユニットとしてはとてもうまく機能していました。夫が家事や育児をしっかりこなす人だったのでまだ幼い子どもたちとの生活をつつがなく営むことができたのです。この頃の細かい記憶はほとんどありません。よりによって自分を壊した人が、最愛の子どもたちの共同養育者であるという状況に適応するのはなかなか難しく、認知を激しく歪めることでしかやり過ごせませんでした。やがて私は「こんなふうに壊れてしまった私と夫婦でいてくれて、子どもを一緒に育ててくれるなんて、夫はなんていい人なんだ。本当に仏様のようだ」と心の底から思うようになりました。人が生き延びるための仕組みってすごいなと思います。

その認知の歪みが解けたのは、夫が仕事を辞めてしばらくしてからでした。夫は、私が会社を辞めて独立した三年後、四十七歳の時に仕事を辞めました。なぜ辞めたのかはまあ、本人がいろいろ考えた末なのでしょうから私が勝手に言うことではないですが、「一度じっくり人生を見つめ直したい」とのこと。どうせ辞めたなら辞めたからこそできることをと海外移住を思い立ったのは私です。夫も乗り気になりました。夫は「やりたいことをやる自分」になりたかったのです。ただその、「やりたいこと」が何かがわからなかったので、海外移住という冒険は魅力的だったのだと思います。ついにやりたいことを見つけた！　と張り切ったのでしょう。

そうして一家でオーストラリアに引っ越したのが六年前。私は大黒柱となり、夫は家事と育児に専念して、それまでの共働き共子育ての夫婦関係から一変しました。経済的にも精神的にも夫なしでやって行かざるを得ない状況に置かれ、非常に不安でしたが、やり始めると案外できることに気が付きました。そうなると、それまでの「自分のようなひどいダメ女と一緒にいてくれるのは仏様のような夫だけ」という思い込みが解けて、夫は教祖ではなくなりました。

彼は子どもたちにとっては良き父親です。でも今度は息子たちを信者にしてしまいかねませんから、私がやるべきことは息子たちに予め教祖の正体を知らせておくことでした。そこで家族会議を開き、私たち夫婦の間に何が起きたかを話し、夫婦間の信頼関係は失われたが育児ユニットとしてはよく機能していること、今後家族としてどのようなあり方が全員にとって望ましいかを話し合いました。当時子どもたちは中二と小五でしたが、実によく話を聞き、考え、自分の感情や意見を話してくれました。

私は真性親バカ症に罹患しているので、どんな人混みでも息子たちだけは8Kレベルの高解像度で輝いて見えます。そんな極めて偏った認知に基づく分析ではありますが、二人はそれぞれにみずみずしい知性の持ち主で、人の気持ちに関しては私なんかよりもはるかに繊細に感じ取り、かつ自分なりに咀嚼して理解することができます。どちらかというと長男は言語化するのが得意で、次男は非言語ベースで理解するタイプでしょうか。そこに信頼を置いていたからこそ家族会議を開いたのですが、それにしても彼らの年齢では酷なことだったと思います。パパとママの間に何があったかを理解した、パパがしたことはひどいしママが許せないのはもっともである、だけどパパは自分たちにとっては大好きな父親でもある、家族の形はしばらくはこのままでいてほしいなど冷静に話してくれました。

それを聞いていた夫に、今どんなことを考えているかを尋ねたら一言、

「うまく言えないんだ」と。この期《ご》に及んでそれしか言えないのかと絶望しました。昔気質の女なら惨めな男の姿を見て許してやるのかもしれないけど、私にはそんな気の利いた斟酌《しんしゃく》装置は備わっていないのです。

子どもたちにはそんな父親の姿を見て、思考のための言葉を持たないことは非力であることを知って欲しいと思いました。そういう意味では貴重な教育の機会でもありました。この家族会議は全員にとって非常に負荷の大きいものでしたが、問題を共有できたことで、チームの結束力へのダメージはかなり抑えられました。

「バケツの水をぶっかけてご覧なさい」とおっしゃる佐藤さんからご覧になったら、理屈っぽくて陰気な、面白みのないやり方かもしれません。やっぱり夫婦喧嘩の達人には程遠いですね……。

あの家族会議から丸々三年経ちました。夫には、子どもがある程度手を離れたところで夫婦関係を見直そうと話して同意を得ています。これを私はエア離婚（ギターがないのにギターを弾くフリをして熱演を競うエアギターのように、実際は離婚はしていないのだけれど離婚したつもりで生活すること）と呼んでいます。法的には婚姻関係は変わらないのだけれど、数年後に離婚することを前提に生活を整え、心の準備をし、その状況に慣れておくのです。結婚が永続するものだと思って生活するのと、期限付きで白紙に戻して検討することができると思って生活するのとでは精神的な自由度が全く違います。

子どもたちはあと数年もすればそれぞれの世界に自立して行きます。私と夫は、誰よりも子どもたちを大事に思っているということでは一致していますし、互いを信頼しています。その一点でのみ繋がれる相手として生きていく方が、配偶者として生きていくよりも仲良くできそうな気がするのです。別れてからの方がうまくいきそうなんて変ですが、きっと夫と私は、そういう縁だったのだと思います。

不思議なことに、エア離婚が成立してからの方が夫のいいところがよくわかるようになりました。私をきめ細やかに気遣い、子どもたちを愛情深く育て、忙しい家事と育児の合間に一生懸命英語を勉強し、慣れない異国での孤独に耐え、努力に努力を重ねている様子は本当に立派です。過去の出来事さえなければ、実にいい伴侶だと思います。過去を許すことができたらどれほど楽だろうと思います。佐藤さんはよく「自分のことを考えたら、向こうにも言い分はあるはずです」とおっしゃいますが、私は「自分も悪妻なのだし」なんて思いません。互いの不完全さを受け入れながら敬意を払う間柄でいたかったのに、彼がやったことはどうしても人として許せないし尊敬することができないからです。私は愚かで過ちの多い人間だけれど、だからと言って夫が何をしても仕方がないとは思いません。夫とはこの先も一緒にいられるかもと思う日もあれば、やはりリセットするしかないと思う日もあり、毎日気持ちは揺れ動いています。でも凪《なぎ》の関係でただ恨みや不満ばかりが堆積していくよりもずっと良い。人と人には、最も良い形で出会う巡り合わせというのがあり、それは何も出会いの始めに訪れるとは限らないのかもしれないと思います。

昨年の秋、五年も会っていなかった父を、文字通り腕の中で看取りました。倒れたと聞いて病院に駆けつけた時には意識がありませんでした。生前は特に親密な親子というわけではなく、父が高齢になってから、私は父のことをほとんど知らないままお別れすることになるだろうと覚悟をしていました。そして実際、私は父がどんな子どもでどんな青年で何を夢見て何に傷つき何に苦しんでどんな過ちを犯し、どれほどの欲望を抱え何を喜びとして生きたのかをほとんど知らぬまま骨を拾うことになりました。それでも、最後の数時間、私にだけ見せてくれた父の姿はそれは尊い、立派なものでした。次第に機能を失っていく脳とは裏腹に父の体は力強く命に溢れていて、それはその人がどんな人物であったかということなんかよりも遥かに説得力のある、圧倒的な命の輝きでした。そして思い切り走って走って、満足のいくまで走り切った子どものような顔で父は逝きました。

駆けつけた母は父の死が受け入れられないようで呆然としていました。

清拭《せいしき》を終えた父はカテーテルを抜いたときの塩梅かちょっと浴衣の股間が目立っており、母にそれを示したら、そっと手を置いて「ご苦労さま」と言ったのがなんとも可笑しくて、夫婦って味わい深いなと思いました。

亡くなってからの父は私にとってこれまでのいつよりも近い存在です。優しかったこともたくさん思い出します。きっと、父とはそうとしか出会えなかったのだと思います。悲しいことのようですが、私はむしろ嬉しいのです。生身の体は亡くなったけれど、父の存在は以前よりも確かな実感を伴っています。夫とのエア離婚もちょっとそれに似ていて、永遠ではないのだと思った途端に全てが「いつか思い出になる大切なもの」になりました。

夫はエア離婚が成立してから、新たに勉強を始めました。テレビの仕事とは全然違う分野の資格を取ろうとしているようです。難しい挑戦だと思いますが、渡豪して六年経って、ようやく異国の地でチャレンジしようという気持ちになったのかもしれません。

先日のクリスマスイブに、夫が「今年はパースに来て初めて、ああお正月が来るなあと思ったよ。これまでは必死で、年が改まる感慨なんて抱く余裕がなかったから」と言いました。それを聞いて私の知らない彼の日頃の孤独と苦労を思い、えらいなあ、よかったなあと労りの気持ちが湧いてきました。子どもたちが健やかに溌剌《はつらつ》と育っているのを見るにつけても、彼がこの六年間、どれほど子育てに注力したかがわかります。もちろんそれは私もなので、共同養育者としては本当にうまくいっているのです。

今、私は彼に恋をして欲しいと思っています。彼が誰かに真剣に恋をする姿を見たいのです。それは人間の所業ですから。二十年あまりもの時を一緒に過ごし、子まで生《な》した間柄の男が、見知らぬ誰かを性的に搾取した挙句に妻のせいにするような人間だと思うのは辛いけど、愚かでも真剣に恋をする心を持った男だったなら少しは救われます。夫が他の人に心を移したのを見て傷ついて、恋しいとか切ないとか思って別れたい。絶望して別れるよりもずっといいです。夫が今、私に対してそのような真情を抱いているかは、わかりません。そうとも思えるし、そう見えるだけなのかもしれない。過去のことがなければ、もっと愚直に愛情を信じることができたのでしょうか。

さてそんな夫へのクリスマスプレゼントを選ぶために、先日洋服屋さんに行った時のこと。国際電話で本人に何が欲しいかを聞きながら商品を見ていました。

「この古着なんかどうかなあ」

と私が目の前にあった服を手にとったのと同時に、電話の向こうで夫が「パタゴニアというメーカーの服で欲しいのがあるんだけど、今はもう作っていないかも……」と言いました。なんと夫が言ったのはまさに私が手にとった商品。まるで、見えていたかのような偶然です。早速ギフトラッピングにしてもらいながら、彼とはつくづくこういう縁なんだなと思いました。いつか夫婦でなくなっても、きっとこの先も二人の間には、いろんな奇跡が起きるのでしょう。

ここまで字数を費やしても、私はやっぱりわかりません。彼が何を考えているのか、本当はどう感じているのか。佐藤さんが田畑さんについて考え続け、小説を書かれてもなお「わからなかった」とおっしゃる心境とははるかに遠い蒙昧《もうまい》の中にある私ですが、それでもいつか夫のことを「かく生きた」と言える日が来るのでしょうか。そうなるまで私が生きていられればいいのですが。

今のところ、この私情に曇った眼には彼という他者が見えてきません。多分彼の中にも、私の知らない、私によく似た女が生きているのでしょう。そしてもしかしたらそいつは、生身の私より良いやつなのではないかという気がにわかにしてきました。

第17通

親愛なる慶子さんへ

佐藤愛子

長いお手紙、二度くり返し讀《よ》みました。

というのもこの頃、年相応にアタマの回転、吸収が悪くなっていて、一度讀《よ》んだだけでは十分に理解が届かないからなのです。わかったつもりでもどこか讀み違えがあるのではないか、讀み落しがあるかも、という不安があるからです。もっとも世間のたいていの人はこのせかせかと忙しい世の中のリズムに合わせる癖がついているのか、小説はおろか新聞記事、手紙さえも自分本位の思いこみですませる癖がついているようで、かく申す私もその一人であるらしいことに気がついて反省している折からでもあります。そして二度讀み、それでもまだ、「うん、合点《ガッテン》！」とスッキリ頷くところまで行かないのです。

なにしろ私はご主人とお会いしたことも遠くから尊顔を拝したことも、写真さえも見たことがなく、人の噂を耳にしたこともないのです。その人物についての知識といえば、妻であるあなたの口から伝えられる「怪しからんことをした夫」「働かずに妻の働きに頼って生きている男。しかしそれと引き替えに二人の子供を立派に育ててくれているのだから、夫婦間の平等は保たれており、ただのアカンタレではない」「妻の感情的な我儘《わがまま》は許す寛容な人物であるけれど、夫として煮え切らぬ言動が多々あって、妻がそれに苛立ち失望していることに気がついているのかいないのか、気づいているとしても、それならばその点を改めようという気持にはならない」。

ここまで書いて間違いはないかと点検《けん》するべくお手紙を今一度讀み返し、しかしそれでも「ガッテン！」とはいえないのです。

それは慶子さんの説明力の不足ではない。そもそもあなた自身、まだご主人の人となり、何をどう感じ、考える人なのか、わかっていないんじゃないか。わかっていないのは、わかろうとしていないからじゃないのか。わかろうとしてはいるんだけれど、そのわかろうとする仕方がですね。それが独断的というか(多分このいい方はお気に入らんでしょうが)客観性を欠いているような気が、私にはしてならんのですよ。

慶子さんはひたむきに前進する眞《ま》正直な人です。類のないほどの生眞面目さと無邪気さが同居していて、大きな魅力になっています。私はそんな慶子さんが気に入っています。私のような癖のあるばあさんに気に入られるなんて、本当は名誉でも何でもない、むしろ名誉に「不」がつく方なんでしょうけど、でも、だからこそ、私は遠慮せずに私の考え方を述べたくなるのです。気に障るかもしれないけれど、私のあなたへの愛情だと思って、辛抱して讀みつづけて下さい。気に障ったら讀み捨てて下さいなんていいませんよ! 心して讀め! そういう気構えで書いています。

慶子さんは頭脳明晰な人にありがちの、「理論好き」です。そう私は思っています。私は「論理を踏んづけて情念に生きる」といった父祖伝来の乱暴者の血を受けついで、それゆえの七転八倒の人生を送って来ました。慶子さんと私はよく似ていますが、違いがあるのはひとつ、この点ですね。折にふれそう思うのです。

お手紙の中に、こういう箇所がありました。あなたの出産後のご主人の「裏切り」についての叙述の後、こうあります。

(夫婦としての性的な接触をあなたが避けていたこと、につづいて)

「それが夫にとってはホルモンの仕業ではなく、私が愛想を尽かしたように見えたのでしょう。『ぼくは君が大好きだから、是非ともしたいのだけれど、どうして応じてくれないのか。とても寂しくて悲しい』と率直にいってくれたらよかったのに。夫婦で工夫のしようはあったはずです。そのような話し合いをしようと思いつかなかった夫の意気地のなさと知性のなさ、（傍点佐藤）に心底失望しました。男性の側からすれば男としてのプライドとか妻が察しろとかあるのでしょうけど、そんなこと知りません。お母さんじゃないんだから、察してもらって当り前なんて思わないでもらいたい」

というえらい怒りよう。私は思わず笑いましたよ。笑ったなんていうとあなたはカンカンになるかもしれないけれど、だって笑えてくるものはしょうがない。「ぼくは君が大好きだから、是非ともしたいのだけれど……云々」だなんて、素人芝居の、ヘタッピー翻訳劇の台詞じゃあるまいし、と私は思ったのですけどネ。でもあなたは「意気地なし！　知性なし！」と思う。

つまりそれくらい人の感性というものは千差万別であって、それはどっちが正しいか正しくないかの問題じゃなくて、要するに人それぞれ。「チガウ」んですよね。もしかしたらご主人には私に近い感性がおありになるのかも。そういう要求をロマンチックに口にすることに羞恥心が働くタチの人なのかもしれません。

「オイ、やらせろ、コラ！」

どちらかというと私はこっちが好ましいですね。やりたいのにやれないのは「とても寂しくて悲しい」なんて眞面目に眞情を吐露されると、なんだか白けてしまう。

「ヤだよ、ヤだったらヤだよ！」

「なぜだ、なぜいやなんだ！」

「もうクタクタなのよ。あなた、一日でいいから、私の代りをやってごらんよ！」

で、たいていの夫婦の場合、すんで行くんじゃないかしらん。そうして、はじめての育児を一人でこなすことの大変さを（「誇張」可。）延々述べ立てる。

男はそういう話を最もニガテとしますから、黙って引き下る。知性をもち出すまでもなく、それで事態は解決します。そう簡単にいい切ってしまう私を「わかってない」とあなたはいうでしょうが、夫婦なんて「そんなもん」だと私は思ってる。あなたは眞剣勝負が好きなのね。その点も私とあなたは違う。私は「いい加減」が好き。人の目には眞剣勝負をしているように見えるかもしれないけれど、その眞剣勝負もホントはいい加減にやってるんですよ。そうでなければ、慶子さん、この気に入らないことの多い厄介な世の中を九十六年も生きてこられませんよ!

ところで「エア離婚」という言葉は慶子さんが考え出された言葉なの?こういうことを考え出すあなたの眞剣さが私にはとても面白い。「エア離婚」をご主人はどう考えておられるのか。それを私は知りたいと思います。実際の離婚ではなく、それは「いつか」来ること、来ないかもしれない。愛する妻の気持がそのうち鎮まることを待っていよう、という気持。いざその時が来たら、それはその時に考えればいい。そう思ってるのか。とりあえず今現在、穏やかな家庭であればいい、ということなのか?

お手紙によると、エア離婚が成立してから、ご主人は新たに勉強を始められたとか。何かの資格を取ろうとしておられるということだけど、それは離婚が現実のことになった時、つまり慶子さんという経済力がなくなった時の「備え」をしておく必要に気づいたからなのか？　だとすると大空に茫洋と漂う春の雲のようなご主人にも、漸く現実に目覚める時が来た、ということなのか、と私は推測します。とにかく全く、困ったお人だなア。人のご亭主だけど、やっぱりここまでくるとイライラします。

離婚したいのか！

イヤなのか！

イヤだけどイヤといえないのか！

イヤかそうでないのかが、よくわからないのか？

妻が離婚を望んでいるから、それならそうしよう、という気持？

せめて、それくらいのことは、知りたいと思うけれども、さっぱりわからない。慶子さんにもわからない。わからないからエア離婚になっているということなんだろうか。長い手紙を二度三度讀んだ揚句の感想としては、お粗末かもしれないけれど、ご主人もカワッテル男性なら慶子さんもカワッテル女性だということ、長年世間からカワリ者といわれてきた私だけれども、つくづくそう思いました。

つまるところお二人の相性はそれなりにいいのだと思う。お二人は凹と凸。鍵と鍵穴。一見全く異なる形でいながら、ガチャガチャ廻すとそれなりにうまく嵌《はま》る。凸はあなた、凹はご主人です。

「そんな夫へのクリスマスプレゼントを選ぶために……」と、サラリと(あっけらかんと)書き出されたところを讀んで、私は思わず笑いを洩らして、そして思いました。

一所懸命にホッペタをふくらませて紙風船に息を吹き込んでいる女の子慶子さん。つき始めると紙風船が風に流されて、向うの松の枝にひっかかった。それでカンカンになる。松が悪いのか、風が悪いのか、風船がバカなのか。風船のつき方が下手なのか？　そんなこと考えたってしょうがないから、誰も考えたりしないのだけれど、いつも一所懸命ですぐにムキになる女の子がいて、その少女の姿が、滔滔《トウトウ》と正論を吐く論者小島慶子の中に垣間見えるんですよ。あなたは怒るかもしれないけれど、私は面白くてたまりません。

あなたたちは別れません。

それが私の結論です。

あとがき

この往復書簡は、スケールの大きな慈愛の主と口答えの多い未熟者とがやりとりする、ちょっと変わった読み物かもしれません。佐藤さんと私の間には五十年分の違いがあります。畏れ多くも一方的にソウルメイト（魂の友）だと思っている私にとっては、史上最も年の離れたタマ友です。私より半世紀も先に大人になった佐藤さんと私には、生来の性分の違いや家庭環境の違いに加えて、生きた時代が違うので価値観や感覚の相違があります。こうも思考法と意見が違うのに、なぜか馬が合うというのは不思議だなと思っていたのですが、書簡という名の原稿を交わすうちにわかりました。佐藤さんは稀代の編集者であり、偉大なプロデューサーでもあるのです。

その勘の鋭さ、アドバイスの巧みさ、お気持ちの優しさはこれまでに出会ったどんな編集者にも勝るもので、作家としてだけでなく編集者としても類稀《たぐいまれ》なる才能をお持ちなのだと驚嘆しました。そして、タイトルや帯の文言などについても、佐藤さんのご意見は名プロデューサーとしか言いようがないほど的確で時代の空気を捉えており、めちゃくちゃ冴えているのです。読者とのコミュニケーションのあり方についても、深い洞察に基づいたご見識をお持ちで、それを実に簡潔かつ明快に示して下さいました。それに加えてお電話で話していても会話のラリーが途切れなく続くので、どうしても半世紀の年の差を忘れがちになります。私は浅はかにもソウルメイトだ！　などとはしゃいでいたのですが、ただただ、仏様の掌で遊ぶ猿のように、佐藤さんのお導きでようやくここまで辿り着いたというわけです。

何事も豪快に笑い飛ばすイメージの佐藤さんですが、それは極めて繊細で精緻な思考の上に成り立つ豪快さです。私のように理屈の隘路《あいろ》にハマって呻吟している者にとっては救済であり、いつも憧れの悟りの地を仰ぎ見るような思いでお手紙を拝読しました。

佐藤さんが最後に「あなたたちは別れません」とお書きになったのを読んだ時には、不覚にも涙が出ました。誰かにそう言って欲しい気持ちがあったことに気づいたからです。佐藤さんはとっくにご存じだったのですね。

だけど、それでは何のためにあんなに悩んだのでしょう。散々苦しんで出した答えをひっくり返されて、なんだか損した気分です。だからやっぱり……私と夫は別れるでしょう！　たぶん！

最後までお読み下さって、有難うございました。

二〇二〇年三月二十日

小島慶子

特別付録

人生って何ですか？

佐藤愛子
×
小島慶子

ある日、夫が会社を辞めてきた

佐藤 ご本（『るるらいらい』）拝読しました。とってもいいですよ。軽妙で面白くて。「次男が熱を出した」、書き出しが自然にすらっと出てきた感じですばらしいです。

小島 佐藤さんにそう言っていただいて、こんなに光栄なことはありません。

佐藤 そんなに改まらないでください。

小島 私の母が佐藤さんのエッセイをよく読んでいまして、私も中学高校の通学電車の中で愛読していたものですから……。

佐藤 私が六十代の時ですね。もうむちゃくちゃには書いてなかったと思う。少し摩滅してきた頃じゃないかしら（笑い）。

小島 今日はぜひお会いしたい、とお願いしました。

佐藤　小説もお書きになってるそうでいろいろご活躍ですけど、日本とオーストラリアの、行ったり来たりだけでも大変じゃないですか？

小島　夫、子供を養うために行き来しています。

佐藤　ご主人は何で働かないんです？　働くのが嫌になったの？

小島　彼はテレビディレクターをしていたんですけど、五十歳が目の前に見えてきた時、急に「ぼくはこのままテレビディレクターの人生しか知らずに終わっていいのか」と思ったみたいで、会社を辞めたんです。

佐藤　なかなか、いいじゃないですか。その時はどうなさったんですか？怒ったの？

小島　その前に、私自身が大手放送局を辞めておりまして、その時は夫が応援してくれたので、今度は私が応援する番だと最初は思ったんです。だけど、一人で働く人生というものを想定していなかったために、だんだん、「男のくせに仕事を辞めるなんて」とか、「私がこんなに苦労してるじゃない」とか、夫に対して恨みごとを言ってしまい、そんなことを言う自分にも失望しました。私は、男は稼いでなんぼ、という思い込みに随分、囚《とら》われていたんだな、って。

佐藤　でもその時、張り切ってたんじゃないですか？

小島　私がですか？　予想外のことが起きて、いままで考えてもみなかったことを考えるきっかけになり、それで外国で子育てをするということを思いついたので、張り切ると言えば張り切ってたんでしょうけど。

佐藤　日本で大学まで進学させるのと、オーストラリアで子育てするのと、どちらがお金がかかるか計算して、オーストラリアのほうが日本よりもつらくないから選んだ、というのを読んで、これはすごい人だな、と。私にはそんな計算できないもの。

小島　大体の概算ですよ。

佐藤　どうやって計算するの？　生活費から物価から全部入れるんでし

ょ？

小島　そうですね。私はテレビの仕事もしてますので東京からは動けない。じゃあずっと東京にいて子供を育てるとしたら、息子たちはのんびりしていますから、のんびりした私立に入れた時の学費はだいたいこれぐらいかかるな、と。で、家が狭くなって引っ越した時の家賃は、って積み上げていきました。

佐藤　そういうところ、主婦感覚がおありになるじゃないですか。

小島　お金のことが心配で。

佐藤　これは、私とは全然異質な人だと感心しましたよ。

小島　佐藤さんはお金のことや家計のことは全然お考えにならない？

佐藤　考えないというより、考えることができない頭なんですよ。税金も、もっと利口なことをやればこんなに払わなくてもいいかもしれないけど、その方法がわからないし、研究するのも面倒くさい。それでいままで生きてこられたわけですから。

小島　借金（註：当時の夫の会社が倒産してできた負債など）も抱えて。

佐藤　あれも、払うあてがないのに勢いでね。借金取りに早く帰ってもらいたい一心で肩代りのハンコを押してたら、どんどん増えていったの。

小島　そうなんですか……!?

佐藤　そうなんですよ。

小島　え――!!　それはすごい。

佐藤　だから小島さんが私に相談したいと聞いて、何を相談するのかなって（笑い）。かえって混乱するんじゃないかしら。

三、四時間睡眠で借金返済の日々

小島　佐藤さんは、借金を返しながら忙しくお仕事もしている時、自分の人生つらいな、生きているのはしんどいなって思ったことはありませんでしたか？

佐藤　それがね、しんどいって思う暇がないの。当時、お金のためにインタビューの仕事もやっていたんですけど、野球の長嶋（茂雄）さんや金田（正一）さんたちアスリートは必ず、「こういう健康体に生んでくれた親に感謝する」と言うんですよ。

この間つらつら考えていて、あんなむちゃくちゃな、睡眠時間三、四時間で何年間も働いてよく病気しなかったと、「健康体に生んでくれた親に感謝する」って気持ちになってね。変な話なんですよ、作家がスポーツマンみたいなこと言ってるの（笑い）。

小島　三時間、四時間睡眠が何年間もですか？

佐藤　何年かかったか……。肩代わりした金額を見ると気持ちが悪くなるから引き落としっていうんですか？　あれにして、自動的に返済する形をとってましたんで預金通帳なんか見なかったの。それがある日、どうなっているだろうとふと通帳を見たら一千万円貯まってるんですよ！

小島 よかったじゃないですか！

佐藤 何年も前に返済が終わってたのね。びっくり仰天して、間違いじゃないかと思って。それで北海道に。

小島 例の別荘を建てられたんですね。

佐藤 一千万円貯まったら、後は仕事をセーブして、スポーツマンとしてじゃなく作家として生きればいいのに。通帳が空っぽの状態になれているから、へんにお金がたまっているのが気になって落ちつかない。それでよせばいいのに坪二千円という安さに目がくらんで、五百坪の土地を買って、小さな家を建てたのはいいけれど、そのために二十年ぐらいひどい目に遭いました。

小島 超常現象に見舞われて。実は侵略されたアイヌの人々の土地だったとわかり、魂を鎮めようといろいろなさったんですよね。『私の遺言』を拝読して、よく佐藤さんご自身が病気になったりしなかったな、と思いました。それはやはり体が丈夫だったから……?

佐藤 そうですね。長嶋、金田並み（笑い）。

小島 一生懸命借金を返しているあいだ、何の因果で私は借金を背負うことになったんだろうとか考えませんでしたか。

佐藤 考えたこともなかったですね。だって自分で勝手に背負ったんだから。夫に頼まれたわけでもない。何だか行きがかりでそうなっちゃったというしかない。誰を恨むこともできないんです。夫の居所はわからなくなって、私は娘を学校に行かせなきゃいけないから夜逃げするわけにもいかないし。

小島 私が自分一人で稼ぐというのはこの四年ほどのことですが、それまでは、女が働くことには特別な理由が必要なんじゃないかって思い込みがどこかにあったんです。

佐藤 働くことって嫌でしたか? テレビに出るのは楽しかったでしょう?

小島　……。楽しい反面、もうやりたくないと思う時もありました。
佐藤　組織の中で生きる時は、いろいろありますよね。
小島　でも夫が無職になって、自分が働かないとみんなご飯が食べられないとなったら急に、何のために働くのか、とか、この仕事にどんな意味があるのか、とか考える必要がなくなって非常に楽になりました。
　でも、そのことで悩む女の人はまだまだ多くて、今の四十〜五十代ぐらいの人は、女が働くことに何か特別な意味がいるんじゃないか、という思いが強いと思います。
佐藤　女性が解放されて、いろんな知識を身につけ賢くなったんでしょうね。私なんか、夫に養われて子供を育て、舅姑に仕えるのが女の生きる道という教育を受けた世代ですよ。
小島　そんな中で佐藤さんは、書いて書いて借金を返済して。

人生は不可解だから面白い

佐藤　やむを得ずそうなっちゃった。夫に養ってもらうのは沽券《こけん》にかかわる、とかそんな目覚めた感じじゃないんですよ。

小島　逆に、女なのにこんなに働かなくちゃいけないなんて、と思うこともなかった？

佐藤　男に養ってもらって当たり前という考えもなかったのよ。ボンクラと一緒になったからにはしょうがないじゃない。

小島　否定のしようがない（笑い）。どうして、そんなボンクラが良かったんですか？

佐藤　『晩鐘』という小説にも書きましたけど、本当に不可解な男だったんですよ。すべてに寛容だった。我儘《わがまま》で言いたいことを言う暴れん坊の私に、みんなが顰蹙《ひんしゅく》していても夫は許容してくれたというだけで、「これは偉大な男だ」と思っちゃったのよ。

小島　なるほど。

佐藤　それに、文学的に数等、私より勉強してましたからね。男と女の愛情というより師匠と弟子みたいだった。他の評論家が私の小説をボロクソに言っても「いや、いいんだよ、これで」って彼が言うと、それでもう他の評論家はバカなんだ、と思ってね。

小島　その時の佐藤さんには、そういう人が必要だったんですね。

佐藤　そうね。だって私、文学少女でもなんでもない。文学的素養というものがまったくなかったの。

小島　それを知って私、びっくりしました。てっきり本の虫だったのかと。

佐藤　純文学と大衆小説の違いも知らなかった。父（『あゝ玉杯に花うけて』などで知られる佐藤紅緑）は作家でしたけど、たいしていい小説とも思わなかったし、一所懸命に読んでもこなかった。のらくらした、ひどい娘だったんです。

小島　のらくらしていても、いい出会いがあって、その人に導かれて才能が開花して。ただ、佐藤さんの場合はいろんな大変なものもオマケでくっついてきてしまったんですね。

佐藤　だから「禍福は糾《あざな》える縄の如し」じゃないけど、いま、マイナスと思っているものがプラスになったり、これはプラスと思っていたものがマイナスになったりするのが人生だという考え方が身についちゃった。たとえば亭主の会社が倒産して借金がいっぱいあってというのは大きな不幸だけど、このことを小説に書いて直木賞を受賞した。あんな目に遭ってなければ『戦いすんで日が暮れて』という小説は生まれてないわけですよ。

小島　本当にそうですね。
　私の夫は別に文学的素養があるわけではなく、一テレビディレクターだったわけですが、他で受け入れてくれない私を受け入れてくれるこの人ならばと思って私も一緒になったんですね。ところが結婚して十六年たったら彼が仕事を辞めて私が働かなきゃならなくなって。あれ？　良かったのか悪かったのか、どっち？って。

佐藤　それだから人生は面白いんですよ。

小島　出稼ぎしたからこそ、『るるらいらい』が出せたんですもんね。

書くことしかできないという覚悟

小島　文学少女ではなかった佐藤さんは、どうして作家になったんですか。

佐藤　最初の結婚相手が、軍隊でモルヒネ中毒になって別居したまま死んでしまったんです。その時私は二十五歳で、父も死んでいたし、母は、この我儘娘がどうやって生きていくんだろうって心配したんですよ。縫い物とか活け花とか、当時は女が収入を得るには、そんな道しかなかったんですよ。結婚して夫に盡《つ》くして養ってもらうのが女の生きる道でしたからね。私にはそんな女の心得なんてまるっきり身についてない上に、超のつく我儘者でね。金持ちの後妻になってもすぐ我慢できずに出てくるだろうし。

うちの父が、私みたいな性格だったの。何をやってもすぐに喧嘩してうまくいかなかったのだけど、五十歳頃から俳句の宗匠になったり、そのうち小説を書くようになって、いつか流行作家になっていました。作家というのは人付き合いが悪くても、喧嘩好きでも書くものさえよければやっていける。それを見ていた母が考えたのがもの書きだったんです。

小島 お母様、慧眼ですね。

佐藤 慧眼……というより浅知恵かも(笑い)。作家になるなんて、そんな簡単なことじゃないんですからねえ。私が結婚して岐阜で暮らしていた時、舅姑に腹の立つことがあると、そのウップンを父に書いて送っていたの。父が手紙を読んで笑って、「愛子は文才があるぞ」と。普通ならジメジメした情けない手紙になるのが、舅姑の人物がイキイキと書けているから面白い。これは嫁になんか行かせるより作家にした方が良かった、と言ってたのを母が思い出したんです。その程度のことなのよ。

小島 じゃあ作家・佐藤愛子が生まれたのは……。

佐藤 悪口から！

小島 そうなんですね。舅姑の悪口とか『戦いすんで日が暮れて』のように書かずにはいられないことがおありだったんですね。作家になって、書くのがつらい時はありましたか。

佐藤 嫌だと思ったことはないですね。だってそれ以外にできることがないんだもの。いろんなことができる人はやっぱり脱落していきましたよ。売れない小説書いて、いまみたいにいろんな賞もないから文学雑誌の編集部に原稿を持ち込んで、「読んでくれましたか？」って何度も電話をかける。あんまりうるさいから編集者が読んでくれて、読んだって聞くと批評を聞きに行ってボロクソに言われる。そしてチクショウと怒りながら、また書く。そんな数年間を過ごしたんです。

小島 いつかきっと認められるはずだと信じていたんですか。

佐藤 いや、思ってなかったです。野垂れ死にするかもしれないけど、これしかできることがないからやるしかない。覚悟はしてました。

小島 「あそこの出戻りは何やってんだ」なんて世間じゃ言ってたでしょうね。そういうことに平然としている神経も必要なんですよ。お母様も、そろそろお嫁に行ったら、とはおっしゃらなかったんですね。

佐藤 嫁に行かせても、どうせだめになると思ってるから見守るしかなかったんでしょうね。私が直木賞を受賞して一番喜んだのは母だったと思いますよ。

小島 私もいま、基本三、四時間しか寝ないで働いているので、この年でこんなに徹夜もして、突然死しかねないなあ、死んだらどうなるのかなあ、と考えたりもするんです。

『るるらいらい』にも書きましたが、小学校の時に仲の良かった、二十代半ばで亡くなった男の子がいます。それから二十年ぐらいたった時に同級生とばったり会って、彼が自死だったと聞いたんです。私自身、不安障害になった時、希死念慮が強かったので、じゃあ死ななかった私と、自死を選んだ彼との間にどんな違いがあったのか、その時考えて初めて泣いたんです。ずいぶん身勝手な感じかたではあるんですが、忘れていた人を思い出して、その時、彼は私の中に「いる」人になりました。

母としての物書きの暮らし

小島　佐藤さんが四十代で一番印象に残っているのはどんなことですか。
佐藤　何も残ってないですね。

小島　でも、直木賞を受賞したのも四十代ですよね？

佐藤　夫の会社の倒産とほぼ同時期でした。朝から晩まで馬車馬みたいに働いて。倒産する前は社員の月給も私の原稿料で出してたんです。私は四十三か四でした。

娘は小学校の二年生で、晩ご飯のあとお風呂に入れて、お風呂からあがったらベッドで大の字になった私の横に娘がきて、その間だけ会話をする。午後十時になったらまた原稿を書かなきゃならない。「ああ十時だ」って起き出すと、娘が「もうちょっと。もう五分」と言う。けど、それをやると崩れますからね。リズムが。

まだ一人で寝られないから、娘は仕事をしている私のそばで本を読んでいるうちに寝ちゃう。その上に毛布をかけてやって午前三時まで仕事をする。やっとひと区切りついて彼女を起こして一緒にベッドに行く。そんな四十代です。

三月頃だと午前三時はまだ寒いのね。ストーブの石油が切れて、下の物置きまで取りに行く時間が惜しいから毛布かぶって書いているると、手がかじかんで、当時の世田谷はまだニワトリを飼ってる人がいて、「コケコッコー」が聞こえてくる。その時だけですね、あのボンクラ亭主のおかげでこんな目に遭って、と思ったのは（笑い）。

小島 私はとても書くのが遅いものですから、息子たちが部屋のドアをノックしても「ごめん、ママ、今、手が離せない」ということがあります。三週間経つと日本へ働きに行って三週間はいないので、中三と小六の息子にはいろいろ寂しい思いをさせているかな、って思います。佐藤さんはお嬢さんととても良い関係をお持ちのようですが、親子の関係は佐藤さんにとってどういうものですか。

佐藤 私はやっぱり、娘に対して呵責がありますね。仕事優先で十分に目をかけてやれなくて、かわいそうなことをしましたよ。

こないだ、「あなた、あの頃、いろいろ腹が立つことがあったろうね」って聞いたら、「家の中が洗濯機の中みたいにグルグル回って、洗濯物になったように自分も一緒に回ってたからどうってことなかった」って言ってました。親が必死になっていたら、子供はそれなりに理解するものかもしれないですね。

（初出『小説現代』二〇一七年八月号）

文庫化にあたっての後日談

往復書簡連載が始まったのは、佐藤さんが九十四歳、私が四十五歳のとき。ご多忙な佐藤さんのご体調を鑑みて、途中で一旦お休みを挟み、二年ほどかけてやり取りしました。お休み中には佐藤さんのご自宅をお訪ねして、暗くなるまでお喋りをしました。

二〇二四年、佐藤さんは百一歳になられました。私は五十二歳。初めてお目にかかったのが、はるか昔のことのようにも感じられます。

実は往復書簡は、本になる前から始まっています。初対面の対談（本書に収録された「人生って何ですか？」）のあと、佐藤さんが私にお葉書を下さったのです。ものを書くことへの温かいお励ましとアドバイスでした。嬉しくてつい思いが迸《ほとばし》り、長すぎるお返事を書きました。するとまた細かい字がびっしりと綴られたお返事を下さって……私信でのやり取りに加えて、お電話でもいろいろとお話ししました。それを知った編集者が、読み物としての往復書簡を思いついたという経緯だったような気がしますが、記憶違いかもしれません。

ともかく、読者が読むものとして手紙をやり取りするのですから、私信とは全くの別物です。途中、佐藤さんと私が世の中の出来事について大いに語り合うというスタイルも模索しましたが、当時私は夫婦関係の悩みのどん底にあり、どうしてもその話になってしまいます。何しろ佐藤さんは夫婦喧嘩の達人ですから、相談しないではいられません。とはいえ夫婦の話を人目に触れる場で、しかもうんと目上の方への私信のようなスタイルで書くなんて、至難の業。案の定、私は途中で筆が乱れて迷走しています。佐藤さんは呆れながらも、おもしろ優しいお返事を書いて下さいました。

「あなたと私はよく似ているけど、ひとつ違いがある。理論好きの慶子さんと、乱暴者の私」と佐藤さんはおっしゃいます。「論理を踏んづけて情念に生きる」というお父様の影響を受けた佐藤さんと、深すぎる情念を理屈で掻《か》き分けて生き延びてきた私は対照的です。当時は佐藤さんの豪快な一喝を喰らって、納得のいかない思いもありました。私にとって理屈は思うようにならない人生のうねりを漕ぎ渡るための大事な櫂《かい》なのに、佐藤さんは素手で水を掻けというのですから。だけど七年経った今は、以前とは違う気持ちです。きっと、人生の荒波に手を突っ込んでみないとわからないこともあるよと、教えて下さったのですね。佐藤さんは、しかめ面で櫂を握りしめて離さない私にザッパーンと打ち寄せる温かい大波でした。手を離してごらん、泳いでごらんと何度も言って下さったのに、怖がりで頑固者の私は、小さな櫂で必死に水を掻くばかりだったのです。

往復書簡が完結した直後の二〇二〇年の春から、世界は新型コロナウイルスのパンデミックに襲われました。佐藤さんをお訪ねすることができなくなり、オーストラリアで暮らす夫と息子たちには二年二ヶ月もの間、会えませんでした。東京でたった一人で暮らす私は、感染したら一人で死ぬことになります。家族が罹患しても、国境が閉鎖されていて会いに行くこともできません。当初は仕事も全て中止になり、全く先が見えない中でどうやって生計を立てればいいのかと、途方に暮れました。すると「夫がこうであったらいいのに」なんて言っていられなくなりました。日豪で八千キロ離れてはいても、今この瞬間に自分も夫も息子たちも命があって呼吸している、そのことだけでもう充分。とにかく生きていればいい。そんな心境でした。ついに理屈の櫂を流されて、海に落ちたのです。素手で水を掻いたら、そこには夫がいました。私が理屈で水面を叩いている間も、彼はずっとこうして波間を浮き沈みしながら一緒に泳いでいたのでしょう。手を伸ばせばそこにいたのに、落ちてみるまで気づかなかったのです。

ようやく佐藤さんの半分まで生きた人生で、物分かりの悪い私はやっと理屈ではないものを信じられるようになってきました。理屈ではないものを信じるのと、理屈を無視するのとは違います。ものを書く人は言葉を扱うのでどうしたって理屈と無縁ではいられません。この往復書簡でもわかるように、佐藤さんも物事を非常に緻密にお考えになる方です。じゃなければ夫婦喧嘩でどこで水をぶっかければ後片付けが楽かとか、何を投げれば安全かつ効果的かなんて思いつきませんから。理屈を重ねて積み上げて、それでも届かないものがあると分かった上での「乱暴者」なのでしょう。往復書簡は一見すると「頭でっかちの若造と、それを喝破する人生大家《じんせいたいか》」という構図のようですが、そうではありません。これは理屈っぽい女の交換日記です。一方は理屈の山を踏破して人生を俯瞰し、もう一方はその半分ばかりの高さに積み上げた小理屈に足を取られて迷子なのです。当たり前ですが、今日を生きているという点では佐藤さんと私は同時代の人間です。もちろん佐藤さんは私がこの世に発生する前の時代をご存じですが、そこに留まってはいません。いつも現在進行形。だから今を生きる理屈っぽい女同士、話は尽きません。

佐藤さんは「あなたたち夫婦は別れない」と断言されました。私は「あとがき」で多分別れると思う、と書きました。で、結局どうなったか。今年、夫と話し合いを行った結果、別れないことにしました。いえ、佐藤さんの予言に従ったのではありません！私と夫は、本当にどうなるかわからなかったのです。誰にもわからなかったけれど、生きてみた結果、もう少しこのままの関係で一緒にいることに決めました。佐藤さんも私も、そしてあなたも、毎日全く新しい今日を生きています。どれほど年齢を重ねようとも、同じ日を繰り返すことはありません。いつも初めての予測のつかない一日を、怒ったり笑ったり、理屈を捏ねたり情念を募らせたりして生きていくのですね。また佐藤さんと、住宅街の小さなお店のカウンターでご飯を食べたい。夫婦のドタバタの積もる話を、たくさん語り合いたいです。「こんなこと書いてましたね」なんて言いながら、一緒にこの本を読み返す日を楽しみにしています。

二〇二四年十一月十一日

小島慶子

本書のプロフィール

本書は、「女性セブン」の連載「佐藤愛子と小島慶子の往復書簡　夕立ち雷鳴×ときどき烈風」（二〇一八年一月四・十一日号～五月三日号）に加筆・修正し、書き下ろし等を収録して二〇二〇年五月に小学館より単行本として刊行された『女二人の手紙のやりとり　人生論　あなたは酢ダコが好きか嫌いか』を改題し、さらに書き下ろし等を加え、装いも新たにめでたく文庫化したものです。

小学館文庫

往復書簡集《おうふくしょかんしゅう》
はからずも人生論《じんせいろん》

著者　佐藤愛子《さとうあいこ》　小島慶子《こじまけいこ》

編集／橘高真也

二〇二五年一月十二日　初版第一刷発行

発行人　鈴木亮介
発行所　株式会社 小学館
〒一〇一-八〇〇一
東京都千代田区一ツ橋二-三-一
電話　編集〇三-三二三〇-五五八五
販売〇三-五二八一-三五五五
印刷所――大日本印刷株式会社

ISBN978-4-09-407419-2